SPRING *and* ALL

SELECTED POEMS OF WILLIAM CARLOS WILLIAMS

春天及一切：威廉斯诗选

雅众诗丛

[美]威廉·卡洛斯·威廉斯 著

钟国强 译

(1909—1923)

中信出版集团 | 北京

雅众文化　出品

目 录

集外诗（1918—1921）

地狱里的科拉：即兴创作（1920）

酸葡萄（1921）

脾气
(1913)

地球和平

人马[1]醒了！
天鹅在飞！
蓝空透金
一枝天箭横卧。
天堂里有狩猎——
要安心睡到天明。

大小熊在远方！
天鹰在尖叫！
蓝空透金
它们的眼睛闪烁明亮！
睡！
要安心睡到天明。

姐妹们躺卧着
臂挽着臂；

---

1 这首诗利用了不少星座的名称，包括人马座（The Archer）、天鹅座（The Swan）、天箭座（Arrow）、大熊座（Ursa Major，即 The Great Bear）、小熊座（Ursa Minor，即 The Little Bear）、天鹰座（The Eagle）、七姐妹星团（The Seven Sisters，即昴宿星团 The Pleiades）、巨蛇座（The Serpent）和猎户座（The Orion）。（本书脚注均为译注）

蓝空透金
她们的发润泽生辉！
巨蛇扭动！
猎户在倾听！
蓝空透金
他的剑闪闪发光！
睡！
天堂里有狩猎——
要安心睡到天明。

生气勃勃[1]

吝啬，最好用来描述那个可怜的傻瓜，
他认为兰斯洛特[2]是个闷闷不乐的家伙，
苦苦担忧他跟吉尼维尔早该如此之后
那些自然不得不发生的事情。
如果我的判断正确，他有病态的历史眼光，
相信任何像这样的事情曾经发生。
然而，在血神面前，还有什么阻吓过我们所有人
对恐惧彻头彻尾的反抗，
除了这个同样该死的吝啬，
它在我们的脖子上呼喊，如果我们过于放纵地花费，
我们将来拥有的，会如何比现在更少？
呸，这种滑溜伎俩真是不值一顾！
照这道理，我们就应该让苹果树
豁免结任何果实，终年只开粉红色的花，
永久固定，以免它们的肚皮遭非议地隆起，以及
它们那些亲密的，纯真的日子给浪费掉。
我们怎么会拥有更少呢？我们没有行动吗？
兰斯洛特没想那么多，他挥金如土，策马出战，
如果上帝愿意，还会骑上一匹好马。

1　原诗题为意大利文“Con Brio”，意即生气勃勃、充满活力。

2　兰斯洛特（Lancelot），亚瑟王圆桌武士中的第一位勇士，传说他是王后吉尼维尔（Guinevere）的恋人。

集外诗[1]

(1909—1917)

1 “集外诗”指没有收进威廉斯单本结集（不计合集、全集、选集）的作品。

致印象派[1]

我想我从来没有像现在这样
因你如此激动，
啊，冻伤了的花朵，
它们把你的翅膀打开
自那些羡慕的黑色枝丫。

迅速绽放，充分利用阳光。
那些细枝合谋对付你！
聆听它们！
它们从后抱着你！

你不该飞走，
除非翅膀接翅膀，断续地，
然而——
即使它们
也不该永远忍受下去。

1　原诗题为法文“Aux Imagistes”。

韵律图形

清晰的面纱
已经接替
在编织中的
颜色的面纱
当大海
滑动
在淹没的白色之上。

清晰的面纱
露出沙粒
闪闪发亮——
坠下
到边缘——
滑动
在前进的细浪之下。

寂静

卢瑟福[1]沉重的
白色屋顶
在瞬间转暗的天空下
向西和向东倾斜：

我该对你说什么话
让你可以在夜里
对他们细语？

环绕你的
是长长的闷烧距离
自四面八方
吞没你
在极度的孤寂中。

积雪覆盖的屋顶
今夜倚在他们睡床上；

1　卢瑟福（Rutherford），位于美国新泽西州帕特森（Paterson）附近，诗人的出生地，以及后来工作、长居的地方。

倾听；

感受他们内心温暖的涌动

然后——什么也不说。

年轻的家庭主妇

上午十点，年轻的家庭主妇
穿着轻薄的晨衣在她丈夫屋前
那道木栅栏后走来走去。
我独自驾车经过。

然后她又来到路边
呼唤送冰人，鱼贩，且害羞地
站着，没穿胸衣，拢好
散乱的发梢，我把她比作
一片落叶。

我的车子那些无声的车轮
冲压着枯叶发出一阵噼啪声，
当我点头，微笑经过的时候。

致需要者

(1917)

田园诗

我年轻的时候
已经明白
我必须取得成就。
现在大了些
走在后街上
赞美非常贫穷的人
的房屋：
屋顶与四面不搭
院子乱糟糟地堆满
旧铁丝网，灰烬，
家具毛病多多；
栅栏和厕所
用桶板，和拆下的木箱
搭成，这一切，
如果我幸运的话，
都抹上一层蓝绿
且斑驳不堪
这比一切颜色
更让我欣喜。

没有人

会认为这个

对国家有重大意义。

韵律图形

白杨树丛里有一只鸟！
是太阳！
树叶是河里
游动的小黄鱼。
鸟在其上掠过，
翅膀驮着白昼。
福玻斯[1]！
是他造出
白杨树间伟大的光！
是他的歌声
盖过树叶
在风中碰击的声响。

1 福玻斯（Phoebus），在希腊神话中，阿波罗作为太阳神时的一个别名。

辩解

今天我为什么要写？

我们这些蚁民的
糟透的面孔
之美
触动了我：

有色妇女
计日工——
年长而老练——
黄昏回家
穿别人不要的旧衣
面孔像
老佛罗伦萨橡树。

此外

你们脸上的固定套路
也让我触动——

杰出的公民——

但不是

以同样方式。

田园诗

那些小麻雀
天真地
在人行道上蹦蹦跳跳
用尖锐的声音
为那些
它们感兴趣的事物
争吵。
但我们更聪明
无论哪边
我们都闭口不言
没有人知道
我们究竟是喜欢
还是厌恶。
　　　　与此同时，
那个到处收集
狗屎的老人
走在阴沟里
没有抬起头来
他的脚步
比星期天

迈向讲道坛的

圣公会神父

还要庄严。

　　这些事情

让我惊讶得无法言喻。

男人[1]

远古的星，这是你赋予我的
奇异的勇气：

在日出中独自闪耀
不为它贡献什么！

1　原诗题为西班牙文“El Hombre”。

俄罗斯舞曲[1]

如果我在妻子睡觉
还有宝宝和凯瑟琳
也在睡觉的时候
而太阳是一张焰白色的唱片
在闪亮的树上
丝般的薄雾中，——
如果我在我的北房间
在镜子前，古怪地
裸身跳舞
绕头挥舞衬衫
并对自己轻唱着：
“我很寂寞，很寂寞。
我生来就是寂寞的，
我最好是这样！”
如果我欣赏我的手臂，我的脸，
我的肩膀，侧面，臀部
在拉上的黄色窗帘前，——

谁说我不是
我家的快乐天才？

1 原诗题为法文“Danse Russe”。

嗅！

哦，高高隆起和深深镂空的
我的鼻子！你不会嗅到什么吗？
我们是多笨拙的驴子啊，你和我，骨棱棱的鼻，
永远不分青红皂白，永远无耻，
而现在是湿漉漉的白杨树上的
酸腐的花：下面是湿土上的
溃烂的果肉。带着多深的渴求
我们加快了
对春逝那种难闻气味的欲望！
你能不正派吗？你能不保持你的激情
给不是那么讨厌的东西吗？如果我们继续
这样下去，你以为，什么样的女孩会在乎我们？
你要尝尽一切吗？你要知道一切吗？
你非得什么都要参与吗？

春天的旋律

在蓝灰色花蕾纱薄的单调中
挤满了竖起的欲望迎向
天空——
　　　　拉紧的蓝灰色嫩枝
温柔地把它们锚定，把它们
拉近——

　　　　两只蓝灰色的鸟在追逐
第三只，奋力地打圈，拐角，
并迅速汇聚到一点即时
爆发！

　　　　颤颤弯曲的树枝
往下拉，在空中吸吮着
天空在背后鼓胀，迎着树枝
把自己涂出一道道裂缝，岩蓝色
以及肮脏的橙色！

　　　　　　　　然而——
（等一等，坚硬的有节的树！）

刺眼的红边日晕——

蠕动的能量，集中的

反作用力——焊接天空，花蕾，树木，

将它们铆在一个起皱的支撑点！

坚持到底！把整个

反拉质量拉向上，向右，

甚至锁定晦暗的，轮廓不清的

地面，以极大的拖拽力

而那正好松开了主根！

在蓝灰色花蕾纱薄的单调中

两只蓝灰色的鸟，追逐第三只，

拼命地追！现在它们

突然被扔向远远高空——消失了！

树

弯曲的黑树
在你那灰黑色的小丘上，
可笑地向着夜晚
无限的峰顶提升了一步：
甚至你这几颗灰星
也向上拉升成粗糙的线上
一支含糊的旋律。

尽管你因为跟那
横扫着的刺骨北风拉扯
而弯曲，——在你下面
白杨树长长的黄色音符
在下降的音阶中还是那么容易
向上流动，每个音符都在自己
单独编织的姿势中，感到安稳。

在黑夜起伏不定的
低音提琴中，一切声音都
欣然融合，但你一个人
极力把自己卷曲到一旁
满足你的渴望。

一月的早晨

组曲

一

我发现大部分旅行之美
是由于我们一直
看到它们的奇异时光：

在威霍肯[1]保禄会神父[2]教堂的
圆顶，在烟雾缭绕的
黎明中——叫人心动——
就像圣彼得在多年期待后
终于走过来时一样美丽。

二

虽然手术被推迟
我看见那些高大的实习生
穿着褐色的制服
　　　　　　　赶紧去吃早餐！

1　威霍肯（Weehawken），美国新泽西州哈德逊郡的一个城市。

2　保禄会神父（Paulist Fathers），1858 年在纽约创立的一个宗教团体。

三

——而在底层入口处
那些发型服帖的中年绅士
有修得整齐的胡子和
刷得顺滑的大衣

四

——还有阳光，浸入大街小巷
把不规则的红房子顶部
照成一道道条纹
　　　　　　　　　而
快乐的影子投下再投下。

五

——还有一匹肩上披着
绿色被子的小马在摇头：
露出牙齿和高高仰起的鼻子！

六

——还有半圈尘土色的人

围着旧煤灰桶
升起的火，

七

　　　　——还有那磨损的，
蓝色的车轨（就像天空！）
在鹅卵石间闪闪发光！

八

——还有摇摇晃晃的渡船“亚登”[1]！
在历久常新的河流上，——在
伟大的码头间，能以“亚登”命名
都是好东西！
　　　　　“给我一块试金石[2]
放在方向盘上，白鸥，我们将

1　亚登（Arden），莎士比亚四大喜剧之一《皆大欢喜》(*As You Like It*）中的森林名称。这森林可说是悠久的人文传统的一个化身：文人雅士或政客若失意或避世，便可在理想中的“亚登森林”中过着逍遥自在、无忧无虑的生活。

2　试金石（Touchstone），《皆大欢喜》中的宫廷小丑的名字。诗人借来作为一个引航员，引领渡轮去亨利·哈德逊（Henry Hudson）曾去探寻过的，那个不存在的“西北航道”（North West Passage）。

跟随半月号[1]的幽灵
到西北航道——尽管如此！
（在奥尔巴尼！）还是穿过了！”

九

优美的褐色波浪——长长的
银色环串在你身上移动！
受够当中那些裂开的碎冰了！
天空已降临你身上，
比小气泡更轻，与你
面对面！
　　　　　　　　　它的灵魂
是一只脚掌纤细而粉红
胸前雪白的白鸥，让你
轻柔地拿着贴到你唇上！

十

这位年轻的医生正在快乐地跳舞

1　半月号（Half Moon），荷兰东印度公司一艘大帆船之名称。它从阿姆斯特丹出发，横渡大西洋至北美洲，目的便是寻找“西北航道”。它在1609年抵达现今之纽约港，并沿其后以其船长命名之哈德逊河（Hudson River）向西航行，到达奥尔巴尼（Albany）才因河水太浅而折回。

在波光闪烁的风中，独自一人
在渡轮的船头！他注意到
凝固的藤壶和破碎的冰壳
留在退潮时的码头底部
便想到夏天以及
在祖母绿大叶藻间的
　　　　　　结满贝壳的绿色暗礁！

十一

谁像我一样知道帕利塞兹[1]
知道河流从它那儿向东突破
在城市上方——但它继而向南
——在天空下——带来一道浪峰似的
四处窥看的小房子
随黎明亮着，在曼哈顿
喜欢临水的忧郁巨人背后。

十二

弯在簇簇白雪上
长长的黄色灯芯草；

1　帕利塞兹（Palisades），美国新泽西州卑尔根县辖下的一座自治市镇。

远处树林的
紫色和金色丝带：
　　　　　　你们彼此
形成了多么好的角度
当你们躺在那里沉思。

十三

在青春的日子里一直努力工作
他们也会找到你，某天早上
从你的衣橱
翘了的椴木底部
往上凝望，你的灵魂——
不在了！
——在小麻雀中
在百叶窗后。

十四

——而不断扑动的旗帜
正为死去的将军[1]降半旗。

1　指乔治·杜威（George Dewey，1837—1917），美西战争中的马尼拉湾战役的英雄，1900年曾参选美国总统。

十五

这一切——

　　　　　　　　都是给你的，老妇人。

我想写一首

你会明白的诗。

如果你看不懂

对我有什么好处呢?

　　　　　　　　　　但你必须努力——

然而——

　　　　　　嗯，你知道天黑后

那些女孩是怎样在公园大道[1]上

咯咯笑地跑着

而不是乖乖地回家睡觉?

嗯，

不知怎的这就是我的方式。

1　公园大道（Park Avenue），卢瑟福的一条大街，在威廉斯住所附近。

给一个孤独的门徒

亲爱的，与其注意
月亮的颜色
是贝壳粉红
不如注意
它是斜挂在
塔尖上方。

与其察觉天空
像绿松石般
光滑
不如察觉
此刻是清晨。

不如理解
尖塔的
黑暗汇聚线
如何在
尖顶相遇——
意识到它的
小装饰如何

尝试阻止它们——

看看它如何失败!
看看六角形塔尖的
汇聚线如何
向上逸出——
远去，分开!
——保护和承托
花朵的
萼片!

观察
被吃的月亮
如何一动不动地
躺在保护线内。

这是真的:
在早晨
淡淡的颜色中
褐石和板岩
闪耀着橙和深蓝色彩。

就只观察
这座矮墩墩建筑的

压迫性重量！

观察

月亮的

茉莉花之轻。

致一片土地的献词

面向这个港湾水域的
这片土地
是献给曾经在这里生活过的
艾米莉·狄金森·惠康[1]
她在英国出生；已婚；
丧夫，带着
五岁的儿子
乘双桅船前往纽约；
被赶到亚速尔群岛[2]；
在火岛[3]浅滩上漂流，
在布鲁克林一家旅馆里
邂逅第二任丈夫
跟他去了波多黎各
多生下三个孩子，又失去

---

1 艾米莉·狄金森·惠康（Emily Dickinson Wellcome），威廉斯的祖母。她居住在康涅狄格州的西黑文市（West Haven），1920年因中风离世。这首诗是威廉斯为她而写的；"土地"便指她在西黑文市的家和土地。威廉斯写给祖母的诗，还有《我的英格兰祖母的临终遗言》。

2 亚速尔群岛（Azores），位于北大西洋中央的一个群岛，西距葡萄牙约1360千米。

3 火岛（Fire Island），与纽约长岛平行的外围屏障岛屿中的一个大中心岛。

第二任丈夫，在
圣托马斯[1]，波多黎各，
圣多明各[2]过了艰苦的八年，
随长子去了纽约，
失去女儿，失去她的“宝贝”，
得到长子第二段婚姻生下的
两个孩子
养育他们——他们当时
无母——为他们
对付另一个祖母
和那些姨母，一个又一个夏天
把他们带到这里，在这里
好好保护自己以抵抗小偷，
风暴，太阳，火，
抵抗苍蝇，抵抗前来东嗅西嗅的
女孩，抵抗
干旱，抵抗野草，风暴潮，
邻居，偷鸡的黄鼠狼，
抵抗自己双手的衰弱，
抵抗孩子日益增长的
气力，抵抗风，抵抗

1　圣托马斯（St. Thomas），位于加勒比海，属于处女群岛的一部分。
2　圣多明各（Santo Domingo），多米尼加共和国的首都。

石头，抵抗侵入者，
抵抗租金，抵抗自己的想法。

她用自己的双手翻遍这土地，
完全支配这草坪，
辱骂长子去逼他
买下它，在这里住了十五年，
得到最后的寂寞，还有——

如果你除了自己的尸体
什么也不能带给这地方，请离开。

情歌

我躺在这里想你：——

爱的着色
笼罩着世界！
黄色，黄色，黄色
它侵进叶子，
为那沉沉倚在
平滑的紫色天空上的
有角树枝
抹上橘黄色！
没有光
只有蜜厚的色痕
从一叶滴到另一叶
从一枝到另一枝
弄糟了全世界的
色彩——
你在远处
西方那酒红色的镶边下！

集外诗
(1918—1921)

不由自主的医生[1]

噢，我想我应该
洗一洗办公室的墙壁
擦去仪器的
锈迹，确保它们
绝对井然有序
在实验室搭建架子
去掉旧污渍
清洁瓶子
并重新装满，购买
另一副镜片，竖放
期刊而不是
让它们平躺
成堆——然后
从十年前的开始
逐步地
读到今天
为重要文章编目

1　原题为法文“Le Médecin Malgré Lui”，借自17世纪法国著名剧作家莫里哀（Molière，1622—1673）的一出喜剧作品；1949年李健吾译出此剧，中译为《屈打成医》。

以便随时参考。
我想我应该
读些新书。
如果为此我多了
一张裁缝店
和一张洗衣店的账单
留了一把体面的胡子
并培养出一种满有气派的
外表——
谁知道呢？我可能是
我的幸福女神的骄傲
再也不想什么
除了洁白的思想！

桂冠

新的诗集将会写出
新书和闻所未闻的手稿
会用牛皮纸包好送来
而许多许多次
邮递员会点头
悄悄走下铺满落叶的台阶
翻看别人的事情。

但我们跑在这一切前面。
后随而来的
可在雨中看到她的脚印
并跟着我们
走在光秃的栗树中。

银莲花从她按压的地方跃出
而水芹
在细细的水源里矗立着绿色——
而新的诗集
将会写出，皮革色的橡树叶
会有许多许多次。

致天堂里的安东尼

这安静的晨光
反射，不知多少次
自草和树和云
进入我的北房间
触摸墙壁
以草和云和树。
安东尼，
树和草和云。
你为什么
以你在亚克兴[1]的舰队
追随那深爱的身体？
我希望这是因为
你是一点一点认识她
从斜伸的脚
上至她的发根
然后再向下
你把她看得

1　亚克兴（Actium），希腊西岸海岬上的一座古城。公元前31年，安东尼（Antony）与克利奥帕特拉（Cleopatra）联军在一场发生在这里的海战中，被屋大维（Octavian）的舰队击败。

高于战争的怒火——

云和树和草——

因为那时你便是

在天堂里聆听着。

一位女士的肖像

你的双腿是苹果树
树上的花朵触及天空。
哪片天空？是华托[1]
悬着一只女士拖鞋的
天空[2]。你的双膝
是南风——或
一阵暴风雪。啊！
弗拉戈纳尔[3]是什么样的人？
——好像这便回答了
一切。啊，是的——在
双膝之下，因为曲调
就是那样下降，这是
炽白夏季的其中一天，
你脚踝旁的长草

---

1 让-安东尼·华托（Jean-Antoine Watteau，1684—1721），法国洛可可风格（French Rococo art）的代表画家。

2 “是华托悬着一只女士拖鞋的天空”（原文：The sky where Watteau hung a lady’s slipper），这个描述看来不是出自华托的画作，而是出自弗拉戈纳尔的《秋千》。

3 让·奥诺雷·弗拉戈纳尔（Jean Honore Fragonard，1732—1806），法国洛可可风格画家，代表作品有《秋千》《读书女孩》《闩》《狄德罗》等。

在岸边摇曳——

哪个岸？——

沙粒粘着我的唇

哪个岸？

啊，也许是花瓣。我

怎么知道？

哪个岸？哪个岸？

我说是来自一棵苹果树的花瓣。

地狱里的科拉[1]：即兴创作
(1920)

1 科拉（Kora）在希腊字源上是“少女”（maiden）的意思，可追溯到希腊神话里的珀尔塞福涅（Persephone）的故事：珀尔塞福涅有时被称为“科拉”（Kore 或 Cora），她是宙斯和丰收女神得墨忒耳（Demeter）的女儿，但被冥王哈迪斯（Hades）劫持娶作冥后。得墨忒耳四处寻找她，最终宙斯准许珀尔塞福涅在春夏二季重返世界回到母亲身边，但当她返回冥府，世界顿变冰冷黑暗，农作物不生，因而有了四季。珀尔塞福涅又被称作春天女神、草木女神等。

二[1]

1

为什么要走得更远？可以想象，一个人可以调整节奏，努力学习，并达至一朵虎百合或一个瓷制门把手的完美。一个人可以让一切走出平庸，成为——月中人当之无愧的继承者。与其解决掉一个心甘情愿的片语，不如试着追随轮子到底——缓步接近死亡，尽收一切风景。每个方向一如其他方向都有同样多的理由，然后——一个人永远不知道——或许我们这次，会把欧律狄刻[2]带回来！

在两股互相竞争的力量之间，总会有到达双方压力均等的时刻，这样当推动力增大，便会产生巨大的稳定性，从而出现完美休息的画面。因此，一旦在路上，终点可能会回到起点，而停顿便会发生。这个时候，诗人从厄运中退缩，这使他忘了理想之美的柔和

1 本诗集中原文用斜体呈示的在译文里悉以楷体呈示。

2 欧律狄刻（Eurydice），希腊神话中的一个精灵，一说是阿波罗的女儿，后来嫁给俄耳甫斯。俄耳甫斯在她死后试图进入冥府把她带回，但并没有成功。

节奏，在他心目中，宁选顺逆命运的粗暴互搏。

2

天啊！如果不是因为调子不断变化，多方迸发，我会说很多。一步，马车就让你趴在地上。就是这样！而且——你下半身会陷入泥沼。此外还有光明的责任：当眼睛是蜂鸟，谁会用一根铅索把它们捆绑？但这是它们最想要的调子——让它们跳到树顶去。然后吹口哨！谁会阻止树叶蜂拥而至；穿上饰有穗带的夹克向东下弯？还不错——但在心神还没有那样确定时，光秃的树枝会带来一点安慰。

一个人的愿望，是赢得通往某山巅之道。但蜂拥迎向他的，似乎是一百个跳跃的恶魔。这些都是他不离不弃的伙伴，这些都是他脑海中创造出来的友善形象，它们正在请求他休息，并依据隐藏的理由来自娱。作为半个诗人，他被抛弃了，并渴望着摆脱折磨和折磨他的人。

3

当你把衣服挂在绳子上，你不会期望看到绳子断了，而它们拖在泥里。你的双手插在肮脏的口袋里，你也不会期望可以保持干净。然而，如果你是一个在市场里工作的人，时时刻刻都要接触鱼、奶酪之类的东西，你当然不会在离开工作时，期望是在处理一篮精致的蕾丝，连用一下那可能被弄脏了的毛巾擦一擦手也没有。因此，你怎能期望一些优美的文字通过这支舞的亲密而跟随你，如果你没有——哦，来吧，让我们先一起在空中走一会吧。一个人在其方法被这样调整之前，必须警惕许多秘密的傲慢。你看到我们之间的地面有点倾斜。你认为你可以从对这些生物的粗鲁爱抚中跳起来，一个手势就把它全扔掉，然后一身纯银似的来到我指尖。啊，不是我总是不等你！但我亲爱的伙伴——你无缘无故就毁了自己，你是——听！是音乐！它从何处来？什么！来自土地？这就是你一直在为我准备的吗？哈，再见了，我在白桦三姐妹的树梢上有个约会。鼓励你的音乐家！要求他们演奏得更快。我稍后就会回来。啊，你很善良。——而我呢？必须随风起舞，做我自己的雪花，吹响我自己的赋格曲的对位旋律！那么，好啊，这就是青苔河畔的舞蹈！那么，好啊，这就是空心木的玛祖卡舞曲！那么，好啊，这是冰冷的树上的雨舞。

十一

1

为什么要假装记得两年前的天气？为什么不？仔细聆听，然后在他人之后重复他们刚说过的话，并赢得活泼的名声。哦，以雪绒花的花瓣为食！一滴露珠，如果来自正确的花朵，可饮用五年！

一旦决定冒险一试，之前的情况就变得过时了，一刻之前，它还充满着恶性僵化的情况。

2

当老太婆们挖蛤蜊时，她们的肥大腿（总是老太婆们）保持平衡，旁边是忒勒斯[1]的皮革，这块犀牛皮，这些结成一团的石头——公牛大腿上的蠓虫小丑——在召唤，——你将会如何：出生的过剩，对上帝手艺的敬畏，青春的贫乏，孩子嬉戏的演变，

1 忒勒斯（Tellus），罗马神话中的大地女神。

人类可怜的无足轻重。万物黯然无光；太阳把自己变成了母鸡的屁股。

3

把刀叉交叠，聆听教堂的钟声！这是丰收之月以我们的血所酿的酒。在黝黯工厂上方的蓝色眩光中，年轻的白杨在伸展。它们低声说：今天是星期天！今天是星期天！但郊野的规律已被剥夺了树叶。沼泽上空掠过我们的笑声。追逐一则下流的逸闻。穿过烟雾缭绕的石楠花丛！在玩笑的边缘，这座城市用巨大的眼睛斜视着我们——把神圣的牛奶举到嘴边！卢西娜[1]，哦，卢西娜！慈爱的母牛，我们怎么冒犯了你？

四个兴高采烈的伙伴喝了些想象的朦胧的酒，开心得不得了，一想到他们因此避开了郊野的严格规律，更感高兴。看着远方的城市沐浴在月光中，并严肃地凝视着他们，他们便把月亮比作一头母牛，把月光比作牛奶了。

1　卢西娜（Lucina），罗马神话中司生育的女神；另外她还负责管理儿童的出生和成长。

十四

1

残酷的万有之主将把我们彼此撕开——让那人独自在这里受苦。不需要相信上帝或地狱来假设那么多。那舞蹈：手相触，叶相触——眼在看，云在升——唇相触，颊相触，臂在绕……睡觉。沉重的头，沉重的臂，沉重的梦——：大地是尤弥尔[1]的肉体造成的，一切阴郁的乌云都是他的思想创造的。哎呀！

由于苦涩本身，想象的清酒将被压榨，而舞蹈由此蓬勃发展起来。

2

给你！无论你是谁，无论你在哪里！（但我知

1　尤弥尔（Ymir），北欧神话中的巨人始祖，诸神用其遗体创造世界。

道你在哪里！)丢勒[1]的“复仇女神”[2]赤身露体站在河边小镇上空的球体上——只是她太老了。特尼尔斯[3]和维庸[4]的情妇旁边有一个跳舞的议员——在他头顶变得光秃、脸上长满麻点、牙齿掉光之后：她让他躲进了下水道。然后是“臀部宽阔、胸部高耸”的磨坊主人的女儿。有点像尼采，有点像好心的撒玛利亚人，有点像魔鬼本人，——可以蹦跳出一种时尚，我的时尚！嘿你，那舞蹈！蹲下。飞跃。臀部向左。下巴——哈！——斜向一边！站起来，站起来，我的好女人！你会弄断我的脊梁骨。再来一次！——再继续，直至汗水湿透我们全身。

有些傻瓜曾经听过一个诗人读他的诗。碰巧的是，这些文字谈到了日常生活中的世俗琐事，这些事情从来没有多少逃得过敏锐的眼睛。由于这些外

1　阿尔布雷希特·丢勒（Albrecht Dürer，1471—1528），德国中世纪末期、文艺复兴时期的著名油画家、版画家、雕塑家和艺术理论家。他在二十多岁时以木刻版画称誉欧洲，被公认为北方文艺复兴时期最出色的艺术家。

2　《复仇女神》(*Nemesis*)，阿尔布雷希特·丢勒于1502年创作的版画，内容描绘一个有翅膀的女神站在一个球体上，飞临山中的一个小镇。

3　大卫·特尼尔斯二世（David Teniers the Younger，1610—1690)，佛兰德巴洛克画家、版画家，多才多艺，并以多产闻名。他的父亲老大卫·特尼尔斯（David Teniers the Elder）也是一位画家。

4　弗朗索瓦·维庸（François Villon，约1432—约1463），法国诗人。

观，加上从合适的古代杰作中借用了某些成分，诗人开始吹奏他自己的音乐，这个简单的家伙，只想取悦他的听众。但他们不幸地让整件事把他们搞糊涂了，所以听得如此困惑，以至于他们不仅对诗人的努力感到不快，而且在他刚完成时，他们就猛烈抨击他。

3

全是一个。理查德[1]多年来一直努力克服下降的调子，愚蠢的感伤主义者。哈，为了快乐！这把她女仆背后的衣裙撕成条带，指甲也没放过；疯狂的怒火从她紧绷的眼中喷出！这是比较好的部分。或者是一个从桌下拖出来的孩子，又咳又咬，眼里闪着邪恶的光芒。我会按我的意思行事！没有什么是快乐的，只有痛苦和破损。这是唯一向上的调子。这就是那秘密翻身并睁开眼睛的地方。对孩子说的苦话在晨光中荡漾！卧室门口的无聊让人兴奋期待！一个逐步迈向死亡的老人的抱怨是椋鸟的啁啾。咳嗽在穿过田野的春天小径上歌唱；腐败采撷草莓，而缓缓扭曲的思想，把致命的墙壁——数了又数——

1　指威廉·理查德·瓦格纳（Wilhelm Richard Wagner，1813—1883），德国作曲家、剧作家，以歌剧闻名，是德国歌剧史上举足轻重的人物。

涂黑，并在草丛中翻滚，欣喜若狂地喊叫。一切都解决了！婴儿的呻吟和隐约的啜泣让血液感到刺痛，让眼睛发光地倾听。速度在长夜里穿着高跟鞋在粗糙的床单上翻来覆去地歌唱，燃烧着的眼窝凝望着一片漆黑。舞蹈！歌唱！盘绕和解开！鞭打自己！大声呼救！一个老妇人把一种血液疾病传染给她如花似玉的孙女，这种病每两周就会让那母亲陷入痛苦的隐秘歌声中，对音乐而言那是悄然行进的死亡的垫了脚的幻景。面部肌肉保持同步。然后是把骨头上的肌肉都消耗掉的塔兰泰拉舞[1]在音域上来回飞驰。这是舞蹈！思想支离破碎。因此音乐如饥似渴地带领着。祸哉，西班牙女王、疯女胡安娜，那是你的歌，我的女王[2]！

1 塔兰泰拉舞（tarantelle），一种意大利传统舞蹈，流行于那不勒斯、西西里地区。

2 这里原文用了西班牙语：Ay de mí, Juana la Loca, reina de España, esa está tu canta, reina mía!

卡斯提尔的胡安娜（Juana I de Castilla，1479—1555），人称疯女胡安娜（La Loca），1504年为名义上的卡斯提尔女王，但对施政毫无影响，因她被认定为精神错乱，关在托德西亚斯的圣克拉拉皇家修道院里。

二十二

1

对于一个醒着的婴儿来说，这是一种微微僵硬的舞蹈，他的双臂向后蜷缩在头顶上方的枕头上，形成一朵花——眼睛闭上。睡得真香！醒来是一只小手把梦拂去。眼睛张开。这是一个新世界。

没有什么是天蛇不吃的。有时它会停下来啃咬富士山，有时会用轻轻缠着的长舌滑过一个熟睡中的孩子的身体，这个孩子微笑着，还以为母亲正把自己抱起。

2

安全、稳固——我们在自己的圈子里嘲笑它们。对我们来说，这是烟草，她大腿的这一边。我们把它放在我们的茶炊里，并用它来泡茶。你看出这些东西有各种可能性。你以为你在反对富人，但事实是你自己正转向权威，更不用说宗教了。不，我不是说它毫无意义。为什么一切都很好地调整来适应我们的情绪。但我宁愿向你描述昨晚在厨房里看到的东西——暂时不要理会那女孩：在洗涤槽上方（1）这平底锅装下一切，（2）这滤锅装得最多，（3）这网筛让最多东西溜走，（4）这漏斗什么也没有。你欣赏这种进展。那还需要一直嘲笑吗？放弃造句——也就是说，当然不是——但你会明白我的，如果不明白——为什么——你可在任何一年的一月四日大约傍晚时分来吃早餐；在关于吃饭方面　　总是要守时。

我小儿子的即兴创作超过了我：一块圆石对他来说是一条面包，或“这只母鸡可以下一打金蛋”。鸟儿在他的床架上飞来飞去；巨人张开血盆大口俯身压在他身上；夏天在农场里游荡的熊，一念之间就被宰杀和肢解了。在吃饭期间有无穷无尽的故事，充满奇异的意象，真正的荒诞，在讲述中猪会变成狗，母牛会唱歌，公鸡会化为山脉，海洋会注满汤盘。那里有呻吟和咆哮，乌云和阳光混合在一个巨大的幻影中，它从不休息，从不停止展现——一天中可怜的小事情。这还不止于此。他有我没有的音乐。他的调子没有音阶，没有节奏——只有一种奇怪的起伏不定、漫无边际的情绪，一遍又一遍地伴随着

一种严谨的创造，这创造超越了人们所遵循的力量，除非是在一些更明显的飞跃中。在他第一次参观基督教主日学校后，我从未听到过一如那些孤寂的创造，包括半赞美诗那样压倒性的批评。

3

这首歌是给菲莉丝[1]的！因这厚厚的积雪，我知道春天到了，不是敲钟时间到了！天哪，不！尖叫的小子是羊在咩咩叫，嘎嘎作响的婴儿床边是羊在摇晃灌木丛。我们还年轻！我们很快乐！科林说。什么是冰冷的房间而太阳没有升起？这首歌是给菲莉丝的。繁殖让死亡进入，乔伊斯说。腐朽，我说。这首歌是　　给菲莉丝的！

已知的东西只有依靠黑暗才有价值。这不可能是其他情况。一种已知的事物从脑袋中传到肌肉中，意志就会中止，而它只会被反对它的黑暗力量激发。

1　菲莉丝（Phyllis），也出现在威廉斯长诗《帕特森》的人物。

二十七

1

这个特殊的东西，无论是四撮巧妙地混合，可稳当地、安全地、愉快地治愈眼睑痛苦抽搐的四种白色粉末，或一端削尖了的铅笔，都会让想象力相形见绌，让逻辑变成蝴蝶，并带来一个让我们在太空中旋转的终结，一种心灵可以永恒攀升的稳定性，一座周转的山脉，一种具有玻璃表面的复杂性；诗歌的要旨。由开始至结束[1]。

2

通过想象的扭曲，没有什么不能成为别的东西。海豚在碧波中跃起，晚风吹弯了玫瑰红色的草，而你——穿上围裙跑过去捕捉——说在你看来这似乎是你的儿子。多荒谬啊！你会飞上云层，然后跪下来回头看我，不再理会那些在你脚跟插翅的愚蠢的涂鸦。

1　原文为意大利文“D.C. al fin”（推测为 D.C. al fine 之误），即为 Da Capo al Fine 之缩写，乃意大利音乐术语，意即“由开始至结束”。

3

就像树叶一样　　迟早　　忘记摇曳的枝梢　　和夏天：它们在风吹过的结霜土地上急步疾走——没有休息之所——不知何故唤起了连串温暖的，　　不属于过去　　什么也没有腐朽的日子：清爽的夏天！——也没有一丛矮树林给复活过来的耐寒生物，而只有一个远离了的、　　没被摧毁的　　夏天，一片枯叶在半黑中来回疾奔，发出——叽叽、喳喳、刮擦等刺耳声响的夏天。哈！

看着树叶从高枝低枝上脱落，便有了这想法：这一天在所有其他日子中是被选择的，所有其他日子都从它的两侧脱落，只有它自己保持完美的丰盛。这是它自己的夏天，当叶子在光滑的地面上刮擦，它必须树立它的完美。一年中的盛夏，只是那些标志着秘密成就的火热日子的一个停下来的季节，这些日子在现实中仿佛把这一年都写在一张羊皮纸上，让每个季节都在讥笑我们内在的温暖或冰冷。真正的季节不按固定的顺序开花或萎谢，这样许多季节可能会在几星期甚或几小时内消逝，然而有时整个生命过去，季节从一端到另一端依然保持一致。

酸葡萄
(1921)

柳诗

这是一棵夏天结束时的柳树，
河边的柳树，
不曾落叶，也没有
被太阳咬伤
而转褐或变红。
叶条紧抱，渐而苍白，
摆荡，渐而苍白，
在河的漩涡上
仿佛舍不得放手，
随着风和河的旋转
它们是那么酷，那么醉——
无视冬天，
直到最后才放手，跌落
在水中和地上。

冬季来临

那些半秃的树
被风吹打得
全弯了腰，
叶子干巴巴地扑动
不肯放手
或像冰雹般被驱赶
痛苦地泻向一边
然后跌落
那里的鼠尾草，红得耀眼，——
从来没有叶子像它一样——
围绕着光秃的花园。

一月

我再次回复窗外
奏着嘲笑的半音化五度的
那三连拍的风：
　　　　　　奏得更响吧。
你不会成功的。你越是
猛打我要我跟随你
我越是紧紧拥抱着
我的句子。
　　　　而风，
一如从前，完美地弹着
嘲笑的音乐。

唤醒一位老妇人

老年是一群
吱吱地叫的
小鸟
掠过
雪釉上的
秃树。
有得有失，
它们饱受
黑风吹打——
那又如何？
鸟群在粗糙的
杂草秆上歇息，
雪地上
覆盖着破碎的
籽壳，
风被一阵尖厉的
众鸟鸣叫声
缓和。

控诉

他们叫我我就过去了。
这是一条结冰的路，
午夜过后，僵硬的
轮轨上夹着
一层雪粉。
门打开。
我微笑，进入，
抖落寒气。
这里有一个伟大的女人
侧卧在床上。
她生病了，
也许呕吐，
也许临盆
生下
第十个孩子。喜悦！喜悦！
夜是一个房间
为恋人转暗，
阳光穿过百叶窗
送来一根金针！

我从她的眼睛里剔走发梢

带着同情心

看着她的痛苦。

星期四

我有过梦想——跟别人一样——
结果一无所获，因此
我现在保持漫不经心
脚踏地上
头望天空——
感觉身上的衣服，
鞋子承受的体重，
帽子的边缘，进出鼻子的
气息——便决定不再做梦了。

游戏

敏锐的，聪明的脑袋，比我聪明多了，
你设计了什么狡猾的手段
保持无所事事？教教我，啊大师。

彻底毁灭

这是一个冰冷的日子。
我们在后院
把猫埋了，
然后拿出她的纸箱

点火烧了。
那些逃过
土与火的跳蚤
死于严寒。

安妮女王的蕾丝[1]

她的身体没有银莲花瓣那么白
那么滑——也不是什么
遥不可及的事物。这是一片
野胡萝卜强行占领的
田野；野草没有
长得比它们高。
这里的白是毫无疑问的，
尽可能白，在每朵花的
中心，都有一颗紫色的痣。
每朵花都有她那白皙的
一掌宽度。无论他的手
放在哪里，哪里就有
小小的紫斑。经他一触
每一部分都是一朵花
她的身体纤维一根
接一根，延伸到它的末端，
直至整片田野都变成一股

1　安妮女王的蕾丝（Queen Anne's Lace），原产于南欧，现遍布加拿大和美国；亦称野胡萝卜（Wild Carrot；学名：Daucus Carota），是欧芹家族的两年生成员。

白色的欲望，空的，一根茎，
一簇花，一朵接一朵，
一个对已逝的白的虔敬祝愿——
或者什么也没有。

等待

当我独自一人我很快乐。
空气清凉。天空
是点点的溅起的缠绕的
颜色。黄樟叶的
深红生殖器
簇拥在沉重的枝上
密密挂在我面前。
当我到达家门口
迎接我的
是孩子们快乐的尖叫
我的心下沉。
我被压垮了。

孩子们对我来说就不如落叶
那么亲爱吗，还是
一个人必须变得愚蠢
才能长大？
看来好像悲伤
绊倒了我的脚跟。
让我们想想，让我们想想！

我曾打算对她说些什么呢
当事情要发生在我身上时
就像现在已发生的那样？

到来

然而有人不知怎的还是到来了，
发现自己在陌生的卧室
松开了
她衣裙上的钩子——
感受秋天
把它丝绸和亚麻的叶子
落在她的脚踝旁。
那透着脉纹的俗艳身体出现了
扭曲着
像冬天的风……！

蓝旗[1]

我停车
让孩子们下来
街道尽头
是太阳
在沼泽边缘
芦苇从此展开
还有好些小屋
面朝芦苇
和远处的
蓝雾
雾中有葡萄架
和葡萄串
小如草莓
在藤蔓上
而流着泉水的
葡萄沟
延续着排水渠
上面有垂柳。

1　蓝旗（Blueflag），鸢尾花（Iris）品种之一，北美东部土生植物，常见于草原、沼泽和河岸。

芦苇在岸边
如水漫开
它们的尖瓣摇曳着
绿的深浅。
但蓝旗在芦苇丛中
正在开花
孩子们叽叽喳喳
在丛中采摘
芦苇高过他们头顶
他们徒手分开
然后现身
那一拳拳花簇
仍举在空中
随之而来的
是菖蒲的气息
自那又湿又黏的花梗。

寡妇的春怨[1]

悲伤是我家的院子
新草在那里
燃烧，一如往常
但往常没有今年
围封着我的
冷火。
三十五年了
我和丈夫住在一起。
今天的李树一片白
还开了许多花。
花簇压沉了
樱桃树枝
并给灌木上色
有黄有红
但我心中的哀伤
比它们更浓烈
因为它们从前让我
快乐，可我今天注视它们

1　此诗是威廉斯为他母亲写的，表达他对母亲的怀想。

却转身忘记。
今天儿子告诉我
在远处
茂密的树林边
那草地上，他看到
一棵棵开满白花的树。
我想我会愿意
去那儿
倒在那花丛中
并沉入旁边的沼泽里。

寂寞的街

放学了。天气热得
难以轻松走路。她们
穿着轻便的连衣裙
轻松地走在街上消磨时光。
她们已经长高了。右手拿着
粉红色的火焰。
从头到脚都是白色的，
斜眼看人，懒洋洋的样子——
配上黄色的，漂浮的东西，
黑色的腰带和丝袜——
她们渴望的嘴巴
触着棒上的粉红糖——
就像一枝康乃馨，每人都握在手里——
她们踏上寂寞的街头。

巨大的数字[1]

在雨
和灯光中
我看见数字 5
金色
在一辆红色的
救火车上
无人注意
紧张地
驰向
铜锣紧敲
警报狂啸
和穿过黑暗城市的
隆隆车轮声中。

---

1 诗人在《威廉·卡洛斯·威廉斯自传》(*The Autobiography of William Carlos Williams*)里说:"一个酷热的七月天,我从研究生诊所回来,感到累极了,便到平日有时会造访的,位于第十五街的马斯登·哈特利(Marsden Hartley,1877—1943)的画室找人喝酒聊天。当我临近时,便听到一阵哐啷哐啷的巨大铃响,以及一辆驰过街尾直奔第九街的救火车的咆哮。我拐弯时,刚好来得及看到一个红色背景的金色 5 字一闪而过,这印象来得突然而有力,使我不禁从口袋中拿出一张纸来为它写下一首短诗。"后来威廉斯友人、精确主义画家查尔斯·德穆斯(Charles Demuth,1883—1935)在 1928 年创作的著名海报《我看到金色数字 5》(*I Saw the Figure 5 in Gold*),即为诠释这首诗而作,威廉斯誉其为"多年来我所看见过的最突出的美国画"。

春天及一切[1]

(1923)

给查尔斯·德穆斯

1 在本诗集中，威廉斯希望打破章节和标题的固有限制，因此杂用标题编号，甚至倒转标题。此外，本诗集中以序号为题的27首诗，均曾采用过诗题，但1938年出版的《诗全集》（*The Complete Collected Poems*）取消了所有诗题，这里沿用此处理方式，不设诗题，只在脚注里注明曾用诗题。

如果有什么瞬间的结果——那就更好了。而且越有可能没有人愿意看到它。

读者和他与世界直接接触的意识之间，始终存在着一道屏障。如果有海洋，它就在这里。或者更确切地说，整个世界介乎：昨天、明天、欧洲、亚洲、非洲——所有事物都被移除和变得不可能，塞维利亚教堂的塔楼，帕特农神庙。

当他们这样说时究竟意味着什么：“我不喜欢你的诗；你什么信仰也没有。你看来既没有受过苦，实际上也没有非常深刻地感受过任何东西。你所说的没有什么吸引力，相反，这些诗都确实惹人反感。它们无情，残酷，它们开人性的玩笑。天啊，你是什么意思？你是异教徒吗？你不能容忍人性的脆弱？你或许不用押韵，但节奏呢！为什么在你的作品里什么节奏也没有。这就是你说的诗吗？这是诗的对立面。这是反诗。这是你所倾心的生活的毁灭。曾经与生活齐头并进的诗，诠释我们最深切启示的诗，激发灵感，引领我们走向新的发现，新的宽容深度，新的兴奋高度的诗。你们这些现代人！你正在完成的是诗的死亡。不，我不能理解这作品。你还不曾遭受生活的残酷打击。当你受过苦，你写的将有所不同”？

也许这高尚的呼吁对我来说意味着可怕的东西，我不确定，但我暂时将其解释为：“你劫掠了我。天啊，我赤身露体。我该怎么办？”——他们的意思是，当我受苦时（前提是我还没有经受过）我也要逃躲；我也要在幻想中寻求庇护。请注意，我没说我不会。为了装点我的年代。

但今天不同了。

读者知道一如二十年前的那个自己，他心中也会想象有一天自己会变成什么样子。哦，总有一天！但他从不知道也从不敢知道的事，就是他当下所处的这个确切时刻自己是什么。而这一刻是我唯一感兴趣的事情。因此，谁在乎我做什么？而我又在乎什么？

我爱我的同类。天啊，我多么爱他：上下，两侧，前面，方方面面——但他不存在！她也没有。我却存在，以一种假冒之类的方式。

那么我是写给谁呢？给想象力。

事实上，回到我当时的主题，几乎所有的写作，直到现在，如果不是所有的艺术，都是特别设计的，以保持感觉和雾气弥漫的边缘——这会分散对当下痛苦接近时的注意力——之间的屏障。它一直在寻找“美丽的幻觉”。很好。我不是在寻找“美丽的幻觉”。

如果当我自负地宣布我是在——向想象力——致意时，你相信我就这样脱离了生活，从而令我自己的目的落空，我会回答：完善、澄清、强化我们在这里独自生活的永恒时刻只有一种力量——想象力。这是它的书。我诚邀你来阅读，观看。

在想象力中，我们从此（只要你阅读）被锁在兄弟般的拥抱，在作者和读者间的经典爱抚中。我们是一个。每当我说我，也意指“你”。因此，作为一个整体，我们一起开始吧。

第 19 章

噢贫乏的时代，所有能想象的事物都如此丰腴！想象这个周一和周六——以及一周中的其他天——都从海上升抵我们窗户的新世界。想象一下它所有的棱镜色彩，它在我们灵魂中的对应物——我们的灵魂是巨大的钢琴，它那些蜂蜜和钢铁的琴弦，是一道道彩虹的弦在拨动，让空气散发出伟大的冒险小说！想象一下当下的恶魔计划：明天我们美国人民将武装到欧洲，杀尽喀尔巴阡山脉以西（及以东）地区的所有男人和妇孺，毫无保留。想象一下它会引起的轰动。首先我们将杀死他们，然后他们杀死我们。但我们小心翼翼地放过西班牙公牛、鸟儿、兔子、小鹿，当然还有——俄罗斯人。对于俄罗斯人，我们将在大西洋两岸间建造一座桥梁——我们首先不辞劳苦地屠杀了这边的所有加拿大人和墨西哥人。然后，哦然后，那伟大的面貌就会出现。

没关系；那件大事可能不存在，所以不用多说了。杀！杀！英国人、爱尔兰人、法国人、德国人、意大利人和其他人：是友是敌，没有区别，都杀了。当整个俄罗斯都在桥上时，这座桥将被炸毁。为什么？

因为我们爱他们——全部。这就是秘密：一种全新的谋杀。我们用他们来制造德国肝肠。德国香肠。但为什么，既然我们自己也注定要遭受同样的毁灭？

如果我能用梵语甚至拉丁语说出我的想法，我会这样做。但是我不能。我为灵魂的完整性和生命虚无的伟大，为其无聊的礼节，为其愚昧的正统性代言。杀！杀！让那里满是鲜肉……

那想象力，被种种禁制所陶醉，上升至醉醺醺的高度去摧毁世界。让它发怒，让它杀戮。想象力是至高无上的。从最遥远的过去到最遥远的未来，我们所有作品都一直并将永远地献身给它。我们也只向它展示我们的智慧，提升至一如纪念碑而非卵石的地位来纪念它。现在我们来把我们的秘密计划献身给它：消灭地球表面一切人类生物。这是以前从未尝试过的事情。无人留下；除了低等脊椎动物、软体动物、昆虫和植物。然后世界将被重新创造。房屋倒塌成废墟，城市消失，让位给被风吹到那里的土丘，矮小的灌木丛和草地让位给长大变老的树木，并将被其他树木继承，代代相传下去。一片不可思议的，只有鸟兽的叫声偶尔打破的宁静，统治着整个地球。无垠的秩序和静谧。

这场最后的，自作自受的大屠杀，全是为了爱，为了最甜蜜的爱，让黄、黑、棕、红、白的人类凝聚成一个巨大的灵魂，可以满足于眼前所见，退居到安于已取得的名誉的，天堂中的天堂里去。在那里，灵魂中的灵魂，注视着自己可怕的统一体，它在我们将成为的伟大的“永恒存在”的人体组织中，烧开和消化自己。这一天不会伴随着什么美妙的爆炸和气味而完成，当我们，所有生物中的最伟大者，将开始思考我们种种自我禁止的欲望，与此同时，在向内审视我们内在深处之前，把它们一一展示——等等，等等，等等……这是春天——无论是拉丁语或土耳其语，英语或荷兰语，日语或意大利语；这是在臭河[1]边的春天，那里有一棵没有叶子的玉兰树，在曾经是农舍，现在是磨坊工人摇摇欲坠的家宅之前，高高举起它零零落落的象牙白花枝。

1　臭河（Stinking River），美国弗吉尼亚州南部巴尼斯特河（Banister River）的一条支流。

第十三章[1]

因此，厌倦了生活，考虑到等着我们的伟大的圆满——明天，我们奔走于朋友之间，为即将到来的快乐而庆贺。当我们愉快地穿梭各地，我们不顾邪恶地用重型汽车碾碎我们周遭的人的骨髓。似乎没有足够时间来充分表达我们的兴奋。在世界获得承认前，只剩下一天了，痛苦的一天。让我们赶快！何苦要为这人或那人烦恼？在大型报纸的办公室里，当他们准备最后的号外时，弥漫着一片疯狂的喜悦。人们跑来跑去，互相撞上呼呼作响的印刷机。这看来多么可笑。所有痛苦的念头都离开了我们。我们为什么要关心？孩子们笑着扑到街车的轮下，飞机欢快地撞向地上。有人写了一首诗。

哦，生活，奇异的家禽，你的翅膀是什么颜色？绿、蓝、红、黄、紫、白、棕、橙、黑、灰？当我在想象中飞越一百亿个灵魂的残骸时，我看到你悲伤地离开，飞赴已经远在海外的植物和昆虫的土地。（谢谢你，我很清楚我在抄袭什么）你巨大的翅膀拍

1　威廉斯将本节标题刻意倒置。

打着，当你消失在远处的，前哥伦布时期的几英亩浮草上。

那座俯瞰着公园的全新大教堂，今天用它的大眼睛从塔楼上向下望，看到装饰湖边有一群人好奇地盯着一名自杀者的尸体：安静的，死去的年轻人，他们投进石头里的钱，已被用来教导人们关于生活的艰苦。你死了，也给我们同样的教训。你仿佛是一座大教堂，春天的主礼司铎，而春天正在修长的黑树间为我发抖。

第六章

现在，在想象中，所有肉体，所有人类的肉体都已经在地球上死去一千万、十亿年了。那只鸟已经变成了一块石头，而在石头心里，一枚未产下的蛋仍然隐藏着。

这是春天！但奇迹中的奇迹在这些看似荒废的永世中逐渐发生了奇迹般的奇迹。通过难以说出的时间的有序的序列，**进化从一开始就已经在重复自己。**

天哪！

人类在第一次前进中所采取的每一步，从变形虫到智力最高的种类，都被复制了，每一步都与过去了的死去的时代之前的完全平行。一个完美的抄袭出现了。一切都是，都是新的。只有想象力不被欺骗。至此，整个复杂而费力的过程开始接近新的一天。（详见第十九章）但目前一切都是新鲜的，完美的，重新创造的。

事实上，现在第一次，一切都是新的。现在，这个完美的效果终于被无知地发现了。“真实”“事实”“真正”“自然”“真诚”等字眼正被详细讨论，讨论中的每一个字都是从前天进行的相同讨论中演变而来的。

是的，想象力被种种禁制所陶醉，摧毁并重新创造了每一事物，让它跟原来的样子一模一样。现在，人们确实惊讶地互视，充分认识到“艺术”的意义。

第2章

这是春天：生活再次开始呈现出“今天”的正常面貌。只有想象力不被欺骗。火山已变成死火山了。昨晚蕨林所在的地方又开始挖煤了。（如发现此处有误，请勿理会。）

第十九章

我意识到这些章节按其顺序进行得相当快，其中任何一章都没有什么内容，但今天应该没有人对此感到惊讶。

抄袭的传统主义者

这是春天。也就是说，它正在接近**开始**。

在那宏大而又微观的时间经历里，仿如星空下一匹野马在一望无际的大草原上疾驰，用蹄子在坚实的草皮上描绘出巨大和微小的圆圈，不容百万分之一秒的停顿不断奔跑，直至他已然老去，磨损成一堆皮包骨和筋疲力尽的破蹄——在生命的庄严进程中，这确实给人菲迪亚斯[1]饰带的印象，其中的人和兽虽然看来像大理石一样顽固僵硬，却以叫人目眩的速度移动，尽管我们没有时间注意到它，它们的腿每五万年便前进百万分之一英寸——在那生命

1　菲迪亚斯（Phidias，公元前480年—公元前430年），古希腊雕刻家、画家和建筑师，雅典人，其作品包括世界七大奇迹之一的宙斯巨像和帕特农神殿的雅典娜巨像。帕特农神殿深具历史和艺术价值的饰带（frieze）浮雕，也由他监造完成。

的进程中，生命在大规模的运动中仿佛是自身不动的——春天终于临近了。

在那朝向有限性和才能的巨大浪潮中，生命现在已是第二次到来，这一刻，距离智人[1]物种被灭绝这事发生刚好过了几个世代。

现在，那奇迹般的逼真之进程，进化所遵循的巨大复制，对过去每一步都亦步亦趋的不断重复——终于接近尾声了。

突然就结束了。世界是新的。

1　智人（Homo sapiens），现代人的学名。

一[1]

在通往传染病医院的路上
蓝色的斑驳的云
从东北方
涌来——一股寒风。更远处
是广漠的，满是泥泞的荒野
褐色，有枯干的野草，或立或卧

一洼洼积水
零星散布的高树

一路上都是淡红
或略紫的，分叉，挺拔，或多枝的
灌木丛和矮树之类
下面是褐色的枯叶
无叶的藤蔓——

看起来死气沉沉，呆滞
昏沉的春天临近——

1 此诗曾采用过的诗题为“春天及一切”。

它们赤裸裸地进入新世界，
冰冷的，一切都不确定
除了它们进入这事。它们四周
全是寒冷的，熟悉的风——

现在是草，明天
是野胡萝卜叶僵硬的卷曲

物件被逐一定义——
它加快了：清晰度，叶的轮廓

但现在是关乎进入的
赤裸裸的尊严——然而，深刻的变化
已来到它们身上：扎了根，它们
向下紧抓，并开始苏醒过来

二[1]

粉红与白色相混
花与颠倒的花
拾起，打翻被罩荫的火焰
把它掷回
灯角

花瓣倾斜，暗成了紫

红色，那里涡状的花瓣
把红光铺在围绕着
焰青色喉咙的花瓣上

花瓣在透光中熠熠生辉
争逐
　　　　　　在

1　此诗曾采用过的诗题为“花盆”。据美国作家、文学批评家布拉姆·迪杰斯特拉（Bram Dijkstra，1938— ）的说法，此诗是威廉斯如实根据德穆斯的水彩画《晚香玉》（*Tuberoses*）写成，此画稍后亦成为威廉斯的收藏品。但比较画与诗，不同之处亦多：如画中并没有灯；画中有三个花盆，诗中却只有一个。

叶子上
它们上伸成简朴的绿
自花盆边缘

那里，漆黑一片，那花盆
快活地跟粗糙的苔藓在一起。

可怕的混乱发生了。没有人知道该转到哪里去。那里什么也没有！虚无再次凝视我们的脸。去哪儿？目的是什么？每个人都在问对方。生命的尾巴在它的嘴中，还是它的嘴在它的尾巴中？[1]我们为什么在这里？多拉·马斯登[2]的哲学代数。人们到处看着对方的脸，问那个无法回答的老问题：去哪里？如何？什么？为什么？

无论如何，现在春天终于来了！

岩石裂开了，蛋孵化了，有棱柱形羽毛的生命

---

1 这句原文是“Has life its tail in its mouth or its mouth in its tail?”出自“衔尾蛇”（Ouroboros）这古代流传下来的符号，其形象为一条蛇（或龙）在吞食自己的尾巴。这符号通常被诠释为一种周而复始的永恒更新，或生命、死亡和重生的循环。类似的表达，亦见于《帕特森》第五卷：“这条蛇 / 它的尾巴在它的嘴中”（the serpent / its tail in its mouth）。

2 多拉·马斯登（Dora Marsden，1882—1960），文学期刊编辑、语言哲学家，曾积极参加争取女性选举权运动，是激进的女权主义者。威廉斯曾批评她混淆了男性和女性的心理。

之鸟从笼子里逃了出来。它张开翅膀，现在栖息在巍峨的非洲乞力马扎罗山[1]的峰顶。

奇怪的回报，当我们对全人类陷入深不可测的迷雾里而深感绝望之际，一股奇妙的力量苏醒了。它是沉睡已久的，再次被唤醒的希望。威尔逊[2]召集了一支顾问大军启航前往英格兰。船沉没了。但那些男人全是游泳好手。他们把女人扛在肩上，并被他们用强而有力的手臂搅动自由海洋的那一刻所鼓舞，就像尤利西斯一样，沿着欧洲海岸登陆。

是的，希望在人们心中再次苏醒。这是全新的！让我们前进吧！

想象力，从“艺术”的镣铐中解放出来，起了领头作用！她的脚是光着的，不太优美。事实上，那些在她身后的人有很多想法。嗯。算了，由它去吧。

1　乞力马扎罗山（Kilimanjaro），位于坦桑尼亚东北部，乃非洲最高的山。

2　托马斯·伍德罗·威尔逊（Thomas Woodrow Wilson，1856—1924），美国第二十八任总统，他的主张被后人称为“威尔逊主义”。后文沉船事件是指1915年5月7日，载有大量美国公民的英国客轮“卢西塔尼亚”号被德国潜艇击沉的事件，时为第一次世界大战初期，美国仍采取中立原则。

第 1 章

塞缪尔・巴特勒[1]

伟大的英国神学家塞缪尔・巴特勒在讲台上大声疾呼，并在我们经过时警告我们：两个可以发明一些非凡东西的人，相抵于一个可以正确使用以前曾用过的东西的人。

受到这种想法的鼓舞，**抄袭的传统主义者**试图抓住群众。他们抓住离他们最近的人，在他们耳边大喊：传统！生命的团结！

战斗正在进行：这些在所有重复的岁月中一直统治着民众的人对新秩序感到愤怒。谁能回答他们？或有一个在这里或那里，但这是一个不可能的情况。假如生命不是一只鸟，假如它是一个人，一个希腊人或埃及人，但只有一只鸟拥有眼睛和翅膀、喙、爪，还有可以直抵每块岩石中心的叫声，却没有智慧？——

1　塞缪尔・巴特勒（Samuel Butler，1835—1902），活跃于维多利亚时代的反传统英国作家，也是基督教、演化思想史、意大利艺术、意大利文学史研究专家，著有乌托邦式讽刺小说《埃瑞洪》和半自传小说《众生之路》。

德尔菲[1]神谕自身的声音，那是什么？来自岩石裂缝的有毒气体。

昨天的领导者希望能够维持他们的影响力多一段时间。这不难理解他们的心情。他们手头有强大的武器："科学""哲学"，还有最危险的"艺术"。

与此同时，已经跨过数页临近的春天，终于来到这里。

——他们要求我们回到传统已被证实的真理，甚至是被两次证实的，其实质已为人所知的真理。德穆斯和其他一些人极力指出这种谬误，告诉我们设计是**想象力**的一种功能，描画着它的变化，它的颜色——但这是一场艰苦的战斗。我自己试图在分散注意力的情况下，在行动过程中记下这些笔记，以求加入这个名单——提醒自己（见第 96 页第 4 段）别忘了那真理。

1　德尔菲（Delphi），古希腊福基斯地区的重要城镇，被古希腊人认为是世界的中心，为一处奉献给阿波罗的泛希腊化圣地，亦为阿波罗神女祭司皮媞亚的驻地，她在此传达德尔菲神谕。

三[1]

沉思的农夫
雨中踱步
在他空白的田野间
双手插兜，
在他脑海里
已经种下了收成。
冷风吹皱了
褐色杂草间的水面。
向四面八方
这世界冷冷地滚开：
黑色的果园
被三月的云团遮蔽——
留下思考的空间。
向下穿过
雨淋淋的马车路旁
那密密竖立的灌木丛
便隐约可见那农夫的
艺术家身影——在创作的
——竞争对手

1　此诗曾采用过的诗题为“农夫”。

四[1]

复活节的星星照耀
在闪烁的灯火之上——
黑暗的冠冕——
　　　　　　　　没有人
那样说——
　　　　　　没有人说：针孔

我会带她到那里

在繁灯中——

炸开它
突破到必要的
五十个字——

　　　　　　为她的头而设的王冠
上面有城堡，摩天大楼
装满了坚果巧克力——

1　此诗曾采用过的诗题为“飞往城市”。

鸽般温顺的风——

金属箔的星星

自一个玻璃聚宝盆的

伟大的尽头

只要天空被认为是一种关联，

它就被认为是附属于含糊的文字的一种功能，这些文字的意义是不可能重新发现的

它的价值只能是数学上的重力和空气密度的某些限制

在那里阅读自己生命的农夫和渔夫有一个实用的纠正方法——

他们重新发现或更新那些宗教术语不合时宜的意义

其中，在没有加强想象的情况下，还有生命与想象之间的残余接触，这是自由所必需的

这个富想象力的人，转向艺术来释放和实现自己的婴儿承诺，并通过层层不合时宜的文字和形式

来跟天空搏斗。不合时宜，不是因为产生它们的必不可少的活力被浪费掉了—— 一个年轻人觉得这不可能，因为他从自己身上感觉到了——而是因为懒惰，或令文字变得空洞无物的存在形式的变化，让意义丢失了。

这个人赤手空拳跟天空搏斗，没有寻求创造、设计的存在经验。

粗糙的象征主义是将情绪与自然现象联系起来，例如愤怒与闪电，花朵与爱情，再进一步，便联系起某些结构特质

这样的作品是空洞的。这是非常典型的，几乎所有作者都会做的事，他们每个月都会把这样的文章的页面填满。我过去所做的一切——除了那些可能因侥幸而被称为优秀的部分，都有这样的性质。

它的典型代表，是“小淘气”这个词的使用，或曾经为我们效劳过的“意象”的“唤起”。它的滥用是显而易见的。无关紧要的“意象”可能从未如此娴熟地被“唤起”，却依然毫无意义。

阿尔弗雷德·克雷姆伯格[1]尽管有种种缺点，却从未这样做过。这就是为什么他的作品——避开了一个共同缺点——仍有其价值，而且将来还会不断增值。

桑德堡[2]在对耳闻目见的亲切性无动于衷时，便会陷入这种空洞的象征主义。这类有希望的诗人会因此毁了自己，尽管许多诗人还有多愁善感的重大缺点。

玛丽安·摩尔[3]则避过了这问题。她的诗作的不可理解性，见证了她付出什么代价（她把自己切割开去），也见证了对创作目的之理解的最大距离。

人们更好的作品，总是在压力和付出巨大的个人代价下完成的。

这与早期的贵族作品，如荷马的创作，没有什

1　阿尔弗雷德·克雷姆伯格（Alfred Kreymborg，1883—1966），美国诗人、小说家、剧作家、文学编辑和文选学家。早年曾与威廉斯、史蒂文斯创办过诗刊，曾提拔过玛丽安·摩尔等诗人，亦是桑德堡的好友。

2　卡尔·桑德堡（Carl Sandburg，1878—1967），美国著名诗人。

3　玛丽安·摩尔（Marianne Moore，1887—1972），美国著名诗人、评论家和翻译家，以创新、精确、机智、讽刺的诗风闻名，1951年凭《诗合集》（*Collected Poems*）获博林根奖、美国国家图书奖和普利策奖。

么不同

然而

这些都发生在不同的时代，在这程度上，生活还没有从它自身的多样性中筛选出来。除此之外，这位两千岁的诗人的作品，和我们的作品是一体的。这就是经典作品的生命力。

因此——这本书目前还没有写下什么——除了通过想象力的弱点——它并不是要与莎士比亚提过的，以及哈特利在他的《冒险》[1]中如此透彻地谈论过的“自然”相提并论：它是不具名地涉及我们的共同事物。

创作并非逃避生活必不可少的。事实上，如果是这样，它就变得微不足道，不堪一提了。无论艺术家被迫过着什么“生活”，都与他创作的生命力无

1　马斯登·哈特利（Marsden Hartley，1877—1943），美国现代画家、诗人，擅长风景画及描绘日常生活的画作。在第一次世界大战后，哈特利在威廉斯的纽约生活里担当一个重要角色。威廉斯虽然称许他在表现主义艺术方面的才华，但经常对他的为人和作品不以为然。他在自传里说他是“一个悲剧人物，我是真的喜爱这个人，但我们不是经常相处得来，除非保持一段距离”。这里《冒险》一书是指哈特利于1921年出版的艺术随笔集《艺术的冒险》（*Adventures in the Arts*），他在书中强调艺术家应把焦点放在自然环境和存在于自然世界的简单关系里；他的英雄是美国印第安人和“原始”画家亨利·卢梭（Henri Rousseau，1844—1910）。

关。例如荷马，那失明的人；舍赫拉查德[1]，生命备受威胁者——他们的创作卓然具备一种对生活的认同，因为它们是真实的，情感充沛的，就像永不移迁的树上的，多汁的叶子一样。

我为价值记下的将具有这样的价值：摆脱粗糙的象征主义，消除牵强附会的联想，以及旨在将作品和“现实”分开的，复杂的习套形式——例如押韵，例如把格律视为格律，而不是把它视为作品的要素、其中一个词而已。

但这带有太多关于本质的东西——全都是负面的，似乎是在吹嘘。这并非故意如此，而是相反。

这个作品将会在想象力的领域中，就像天空对渔夫一样明显——一个非常模糊的句子。这个词必须为本身而写下，不是作为自然的符号，而是作为意识到的整体——文明——的一部分。

1　舍赫拉查德（Scheherazade），《一千零一夜》中的苏丹新娘，靠每晚说一个故事取悦苏丹而得以保命。

五[1]

来自北方的黑风
进入黑色的心。它们吹袭
妄图摧毁百合却为其幽静
阻挡——

野兽般的人性
风把它击破——

　　　　刺耳的声音，疾升的
温度，由波浪构成

与色鬼或人行道一起喝醉

仇恨属于鲜花和岩石
的日夜。说夜
滋生谋杀不会赢得
什么——这是典型的错误

1　此诗曾采用过的诗题为“黑风”。

那天

所有进入另一个人的东西
所有草，所有飞翔的黑鸟
所有开花的杜鹃树
盐风——

卖给它们的人一起盲目敲门
裂开他们的头颅

那就是为什么拳击比赛
跟中国诗歌一样——那就是为什么
哈特利称赞沃思小姐[1]

在风的旋转中什么
也没有唯独——冷雨的击打声

这是一个有海底景观的
紫色和黑色的鱼
在起伏的海藻间转动——

1　在《艺术的冒险》一书中，哈特利称赞了澳洲马戏团及歌舞杂耍表演者梅·沃思（May Wirth，1894—1978）。沃思擅长在奔驰的马上做出高难度的翻腾动作，1963 年她便以无鞍骑士（bareback rider）身份入列马戏名人堂。哈特利指她的技艺“给身体一个机会展示超卓的韵律美”。

黑风，我向你倾尽心事
直至我厌倦为止——

现在我的手在你身上游走
感觉你身体的变化——它的
力量的颤抖——

周朝弓箭手[1]的悲哀
渐渐临近——一种
吃力的临近，来自
死者——悲伤的冬天外壳

多么容易滑
进旧模式，多么困难
能坚持前进——

1　周朝弓箭手，来自庞德《华夏集》（*Cathay*）中一首译自《诗经·小雅·采薇》的诗："Song of the Bowmen of Shu"（直译为《周朝弓箭手之歌》）。因庞德的翻译建基于日文译本，日译将周文王译成 Shū Bun'ō，庞德沿用，所以 Shu 是指周朝，或周天子、周文王。

六[1]

不不，不是这样
没有什么我曾经做过的
没有什么
我曾经做过的

是由没有
构成
还有双元音

ae[2]

连同
第一人称
单数
表明的

助

1　此诗曾采用过的诗题为“什么都没做过”。

2　原文“nothing I have done”（没有什么我曾经做过的）里的have的发音hæv便包含了双元音ae，这里所指的ae可能就是指此。

动词
曾经

一切
我曾经做过的
都一样

如果做
能有
一个
无穷无尽的
组合

涉及
道德
身体
和宗教的

代码

因为所有
和没有
是同义的
当

真空中的能量
拥有混淆的
权力

这只会让
什么都没做过
变得
完美

观察之眼的演变不可避免地倾向于通过它所居住的世界来衡量自身，只会为自己招来惨痛的羞辱，除非个人有所提升，与经验领域达至某种近似的共同延伸。借助想象力，这是可能的。只有在这种力量的推动下，一个人才能感觉到自己在很大程度上被起作用的同情脉搏所感动——

一部具有想象力的作品，如果不能按照这个主要的必要条件——同情心，在它所选择的世界中的智慧——来释放感官，就是在阐明解说方面，也即在抚慰镇痛方面失败了——

在创作中，艺术家所做的正是每只眼睛对生活所必做的事，以他自己个性的普遍性来确定特殊性——得力于他广阔的想象力，让他感受他所看见的在其身上流动的每一种形式，而他必须通过表达来证明这一点的真确性。

语法上的缩略被察觉到了。

所有这一切都先于技术，它只能有一种后续的价值；但由于这一切都呈现在对一件艺术作品的感官上，

所以通过对内外表达手法的想象力的依恋，技术或记录的基本本质也一样。

只有到达这处境时，生命才可说开始了，因为直到那时，价值才能附加到它所包含的形式和行动上。

直到那时，挫折感才会结束。所有创作都失败了。

只有通过想象力，才可能提高智慧，同时增进理解。

完全缺乏想象力同样会以智慧为代价，这完全

一样。

即使是最强健的体质也有其局限，尽管罗马的盛宴依靠反胃倒流来延长它，显示了一种积极的机智，然而一个人的力量，相对于要鲸吞整个海洋，是如此可怜地渺小——以至于在盛宴结束时，除了自杀，什么也不会留下。

这样，或在这种情况下以幽默形式出现的想象力，会以这种形式为人所知——从身体的需要释放出来。吃饱后，我们必须承认我们的不足，因为我们还没有消灭所有食物，甚至没有消灭一头大公牛的分量。然而我们已经消灭了所有吃下去的东西：显然我们已没有胃口了。这就是说，通过了解一种新的情况，想象力让我们摆脱令自己过劳伤身的平庸需要。我们必须承认，我们要喝的海洋太大了——但同时我们也意识到，在我们的情况中，延伸并不仅仅局限于肠道。肚子填满了，海洋不会更满，两者的满，性质都是一样的。因此，在这一点上，一个等于另一个。吃完了，人的思想也释放了。

这个目录可能会增加到更大的比例而不会刺激感官。

在富想象力的作品中，那些被视为极有头脑的事物，让它看来好像有一条准确的规则被发现了，但实际上并非如此，那只不过是想象力的活力和准确性而已。例如莎士比亚的作品——

这导致了今天的发现——除了旧的目录之外——堪称内容丰富——

“非凡的幻觉有其不准确的地方，它揭示了我的意思。”

艺术中只有“幻觉”，旁观者的无知将想象力及其作品与更粗糙的过程混淆了。确实，人们在伟大或出色的作品前，会产生一种自我扩张、膨胀的感觉，但这并不是，一如今天许多人所认为的，一个“谎言”，一种麻木状态，一种催眠术，一种以“美的愿景”来忘记为个人带来痛苦的“生活”的东西。这是具有想象力的作品。它通过揭示经验的统一性，给人一种完成的感觉；它通过展示个性的重要性，通过向在它面前沮丧的个人展示他的生命——当凭借想象力完成时——是有价值的，唤醒了智慧而不是让它昏沉。然后无它。凭如此作品阐明——

这样的认识向我们展示了试图“复制”自然的

错误。就像我们试图“制造”画作，事情同样愚蠢——

然而像胡安·格里斯[1]那样的一幅画，虽然我没有看到它是彩色的，但其重要性在于它比我所看到的任何一幅画都更清楚地表明了现代趋势是什么：试图将想象中的事物跟生活分开，而明显地，是通过采用经验所共有的形式，这样便不至于把旁观者吓跑，反而是邀请他，

玫瑰已经过时了[2]
但每一片花瓣都结束于
一道边缘，那双面
在黏合空气中的
有凹槽的柱——那边缘
不切而切
一无所成——把自己
更新成金属或瓷器——

去哪里？它结束了——

1　胡安·格里斯（Juan Gris，1887—1927），西班牙画家、雕塑家，长期在法国生活和工作，其作品充分体现立体主义的特色。他是威廉斯喜爱的画家之一。

2　此诗按顺序的编号为“七”，但原文里并没有加上；此诗曾采用过的诗题为“玫瑰”。

但如果结束了
开端又再启动
以便让玫瑰参与
变成一种几何学——

更锐利，更利落，更多切割
被描形于锡釉陶上——
破碎的盘子
闪着一朵玫瑰的釉彩

感官在某处
制造铜玫瑰
钢玫瑰——

玫瑰承载爱的重量
但爱情已走到玫瑰的——尽头

爱情就在花瓣的
边缘等着

易碎，努力击退
劳累——脆弱
摘掉，潮湿，寒冷
减半，精准，动人

什么

那地方介于花瓣的
边缘和那

一条线从花瓣的边缘开始
而它作为无限
美好，无限刚硬的
钢铁，正穿透
银河
无须接触——从那里
升起——没有下垂
也没有推动——

花的脆弱
未受伤害
正穿透空间

八[1]

涂过清漆的地板上
黄色牌匾那里的
阳光

满满是一首
膨胀到
五十磅压力的歌

在六月的
水龙头，敲响
空气的三角铁

拉扯着
珀尔塞福涅牧场上的
银莲花——

这时从
钢铁岩石中跃出

1　此诗曾采用过的诗题为“在六月的水龙头”。

J.P. 摩根[1]

它从童贞中

享受着

非凡特权

解决了旋转飞轮

的核心

通过劈开

戈耳狄俄斯绳结[2]

以一个委罗内塞[3]或

一个鲁本斯[4]——

今天他们的车

---

1 威廉斯认为老 J.P. 摩根（the older J. Pierpont Morgan，1837—1913）只懂收藏“死去”的欧洲艺术，而置重要的美国艺术家于不顾。J.P. 摩根（J. Pierpont Morgan，1867—1943）亦是一个强势的金融家，涉及汽车生意。

2 戈耳狄俄斯绳结（Gordian knot），古希腊传说中的难题、死结，一般作为使用非常规方法来解决不可解的问题之隐喻。据此传说，这个绳结外面没有绳头，亚历山大大帝（Alexander the Great）来到弗里吉亚（Phrygia）见到这个绳结，便用剑劈为两半，解决了这个难题。

3 保罗·委罗内塞（Paolo Veronese，1528—1588），意大利文艺复兴时期画家。

4 彼得·保罗·鲁本斯（Peter Paul Rubens，1577—1640），佛兰德斯画家，巴洛克画派早期代表人物，其作品具有浓厚的巴洛克风格，强调运动、颜色和感官。

是市场

最好的——

那么就说到

汽车——

它们是

从阳光和草地中

断绝了 g 的儿子[1]——

不可能

说出，不可能

低估——

满洲[2]的风

和地震，来自

枯叶中的

一只鹧鸪

1　诗人在这里玩了文字游戏：儿子（son）没有了 g，便不成歌（song）；阳光（sunlight）和草地（grass）代表了大自然的力量和生机，这两个字里刚好也有 g。这里诗人显然认为 J.P. 摩根的第二代只是继承祖业、不会前瞻的二世祖，也无法认识到艺术的美学价值和大自然的美与力量。

2　满洲（Manchuria），中国东北旧称。

他所熟悉的事物，简单的事物——同时把它们从日常经验中分离出来，变成了想象。因此，它们仍然是“真实的”，假如莫奈拍摄或绘画它们，也会是一样，它们可识别为白天用手触摸的事物，但在这幅画中，它们以某种特殊的方式出现——分离了的

这是一个百叶窗，一串葡萄，一张乐谱，一幅海和山的绘画（特别优美），旁观者一刻都没有想过将其视作“幻觉”。一物搭在另一物上面，云搭在百叶窗上，那串葡萄是吉他手柄的一部分，山和海显然不是“山和海”，而是山和海的绘画。全部都以让人叹服的简洁和卓越的设计绘画完成——全属一个整体——[1]

如果艺术的主题不是“现实”，而是——强行或以其他方式——令它与“神”相关，这是没有必要的。这种情况并不需要“幻觉”，因为一幅画或一件作品不可能仅仅代表旁观者脑海中存在的想象现实。差异已经存在时，便无须特别努力去分开。

1　这一段威廉斯是在描述胡安·格里斯的一幅画作《打开的窗户》（*The Open Window*）。

我不知道西班牙人在他们的委拉斯开兹[1]和戈雅[2]中看到了什么，但

今天把一切都呈现在眼前的艺术现实主义，已让我们感到困惑、混乱，并迫使我们重新创造，以保留老一辈人不经这种努力便能拥有的东西。

塞尚——

艺术中唯一的现实主义属于想象。只有这样，作品才能摆脱对自然的抄袭，成为一种创作

创造新的形式来体现这种艺术的现实，艺术就是这么一回事，这种创造必须占据与此有关的，认真的心灵。

从美国爱伦·坡[3]的时代开始——第一位美国诗人必须是一个与世隔绝的人——对生活有密切的认

1 迭戈·委拉斯开兹（Diego Velázquez，1599—1660），文艺复兴后期、巴洛克时代、西班牙黄金时代画家，对后世包括印象派的画家影响很大。他只画所见到的事物，所绘人物，栩栩如生。

2 弗朗西斯科·戈雅（Francisco Goya，1746—1828），西班牙浪漫主义画派画家，也是西班牙皇室的宫廷画家，画风多变，对后世的现实主义、浪漫主义和印象派画家都有很大影响。

3 爱伦·坡（Edgar Allan Poe，1809—1849），美国作家、诗人、编辑与文学评论家，以悬疑及惊悚小说闻名，也是美国短篇小说先锋之一。

同。如果没有驱逐情感的暴力，加上粗暴压抑的环境的内在驱动力，爱伦·坡就不可能写出一个字。在这两者之间，他的想象被迫成形，让他保持在作品中所感受到的那种现实、完整性和逃避意识——他的主题。典型属于美国的——准确地，甚至不可避免地设定在他的时代里。

所以，在这单调乏味的转向之后——无论你发现我的作品是如何沉闷，都把它归因于批评，而不是诗。你不会弄错的——除了是我自己的批评者外，我又是谁呢？毫无疑问，一个人在孤立状态下会成为神——至少，一个人会成为万物中的某种东西，不完全像神，但在许多事情上又有点像。

没有必要计算每一片坠落的真理：如果要计算真理，就必须沉湎在想象中。有必要凭想象说话——

霍尔拜因[1]的时代对透视法的狂热，导致非常精美的画作出现，它令硬币不受重力影响而站在桌子上，好像正在坠下一样。说这十分逼真，必然让大师满意，它带来深度和刺激性。

1 小汉斯·霍尔拜因（Hans Holbein the Younger，约 1497—1543），德国画家，欧洲北方文艺复兴时代的艺术家，以肖像画和木版画知名。他从意大利人身上学到单点透视法（single-point perspective）及对古典图案和建筑形式的运用。

但这幅画一直都没有引起注意——部分原因是透视法。或者，如果注意到它，主要是因为人们可以在其中看到“鸟儿啄食葡萄”。

与此同时，鸟儿正在窗外啄食葡萄，而在下一条街，鲍尔迈斯特·库梅尔[1]正让一枚金币从他的指间滑落到计数台上。

表现很完美，它“说了一些人们习惯听到的东西”，但巧妙地充满活力。

因此，运用透视法的巧妙的绘画持续受到“美丽的幻觉”的掩护，直至今天，甚至连阿纳托尔·法朗士[2]也失言了，他说：“艺术——全是谎言！”——今天，当我们开始在伟大的想象力作品中发现那真理时，**创造性的力量便在作品中被显现出来，创造出独自使科学完善并让智慧得以生存的客体**——他的画作焕然一新，一如只有绘画可以做到的生意盎然：凭借它们的力量，**摆脱幻觉**，并站在人与自然之间，就像圣人曾经站在人与天空之间一样——它

1 鲍尔迈斯特·库梅尔，原文为“Bauermeister Kummel”。

2 阿纳托尔·法朗士（Anatole France，1844—1924），法国小说家，1921年诺贝尔文学奖得主。

们这类作品中的现实，举例来说，就像胡安·格里斯的作品

对自己的生活的理解显得支离破碎，是没有人可以忍受的——

惠特曼的提议，与现代趋势对生活的想象性理解是一致的。他诠释为他的特性的那种宽大，包容一切或大或小的有关他的东西，他的“民主”，代表了他富有想象力的生活的活力。

九[1]

所有这些写作怎么样？

哦，“琪琪”[2]

哦，玛格丽特·贾维斯小姐[3]

后手翻

我：干净

　　干净

　　干净：是的　　。　。　纽约

箭牌，阑尾炎，约翰·马林[4]：

1　此诗曾采用过的诗题为“年轻的爱”。

2　琪琪（Kiki），可能是玛格丽特·普维斯（见下注）的昵称；也可能是指琪琪·德·蒙帕纳斯（Kiki de Montparnasse），她是巴黎波希米亚圈子里著名的艺术模特，曾经是美国现代主义艺术家和时装摄影师曼·雷（Man Ray）的情人。

3　玛格丽特·贾维斯（Margaret Jarvis），据约翰·瑟尔沃尔（John C. Thirlwall）在威廉斯《早期诗合集》（*The Collected Earlier Poems*，1951）的笔记上写下的 Purvis，玛格丽特·贾维斯即为玛格丽特·布莱克·普维斯（Margaret Blake Purvis），她在纽约的法国医院护士课程毕业，当时威廉斯在该院实习，据说与她有过一段情。

4　约翰·马林（John Marin，1870—1953），早期的美国现代艺术画家，作品以水彩画为主。他的出生地正是威廉斯的家乡卢瑟福。他曾以纽约天际线创作了一系列表现主义的作品，因此诗里的“摩天大楼汤”可能便是指此。

摩天大楼汤——

要么那个，要么一颗子弹！

从前
任何事情也可能发生
你放松地躺在我的膝盖上——
星夜
温暖而盲目地在医院上空展开——

呸！

它不干净
不直截了当——

在我的生命中，家具吞噬了我

椅子，地板
墙壁
听到你的啜泣
喝光我的情绪——
它们单独知道一切

并在早上向我们告密——

想要什么？

喝醉了我们一定往前走
不是我

床，床，床
电梯，水果，床头柜
要看的乳房，白色和蓝色——
握在手中，用管吸吮

不是洋葱汤
你的啜泣浸透了墙壁
把医院打成碎片

一切
——窗户，椅子
醉醺醺的，旋转着——
白色，蓝色，橙色
——随我们的激情高涨

狂野的泪水，猛烈的反驳
我的腿，慢慢地
在空中反复翻动！

但你会拥有什么？

我只说：
在那里，你看，它破烂了

丝袜，鞋，发夹
你的床，我把自己包裹在你周围——

我看着。

你抽泣，你打你的枕头
你扯你的头发
你把指甲挖进你身体两侧

我是你的睡袍
　　　　　　　　我　　　　　看着！

干净是他一个人
在他身后流着
城市的碎片——
在他接近时纷纷飞散

但我只是

在十五年前

好奇地抚摸你，而他们说
你还在城里到处走
治疗生病的学童

不需要召唤神秘的代理，用一种实用的方法来了解这个或那个秩序，生活只有和我们自己相一致时，它才会成为现实。当我们命名它时，生活就存在。重复身体的经验就没有——

他必须赋予生活价值的唯一方法，是用想象力识别它并命名它；就是这样。重复又重复那事物，却没有加以命名，只会让感觉变得迟钝，并产生挫败感。

这让艺术家变成生活的猎物，容易受到攻击。

我经常想起我早期的作品，它们让我付出什么代价我仍不清楚。我承认我在拒绝或否决大多数事情上表现得很混乱，绝少接受价值或承认任何事情。

因为我很早就认识到
渴望得到理解是徒劳的，并同时拒绝宗教的教条主义。我的一生（到目前为止）都在寻求为经验以及经验对象赋予价值，这将满足我包容一切的感觉而没有多余的东西——完整性，没有对选择自由的挫败感；追求“艺术”所提供的事物——

但是，尽管我只有在具有想象力的作品前才感到“自由”，知道由此而来的感觉会加速，尽管这种体验在这些时候令我坚定不移，但由于我的理解虽准确却是缓慢的，我总是不能经常完成那让我在这个位置上坚定不移的理性步骤。

所以我一生中大部分时间都活在地狱里——一个被灵光一闪照亮的压抑性地狱，当一首这样或那样的诗出现时

一个被想象力同样照亮的世界又会发生什么呢

哦，是的，你是作家！一句经常诅咒我自己的话。我愤怒地拒绝了它，但污名仍在。不是一个人，不是一种理解力，而是一个**作家**。我无法识别。

我不会忘记，我也曾多么愤怒地谴责过一些因其可爱而受到赞扬的当代诗歌——

我发觉我是有点做错了——不够慷慨大度

生活的过程非常简单。一两个行动，就此结束。其余的都是重复的。

即兴创作——它出现的时候，我正试图以巨大的代价来保持坚定的态度——我不得不求助于对生活完全放手的权宜之计，以求生活在我所选择的世界中。

我让想象力有它自己的方式，看看它是否能拯救自己。一些非常明确的事情由此而来。我发现自己松了口气，但最重要的是我从那里开始，然后重新评估经验，明白我在干什么——

即兴创作的优点，是它们替新价值在世界中找到定位——

它们的缺点是感觉的错位，往往是彻底的。但在这情况下我已尽己所能了。我已尽己所能，并保留了对于经验来说的任何价值。

现在我遇到了不同的情况。我发现在那里找到的价值可以延伸。我发现自己将理解延伸到他人的作品和其他事物身上去——

我发现在替经验创造新的形式、新的命名方面，还有很多工作要做，

而“美”与“可爱”无关，而是与现实在其中产生作用的状况有关。

像胡安·格里斯这样的画作，出现在印象派、表现主义和塞尚之后——并严厉打击了表现主义和印象派群体——指向未来将被证明为前所未见的最伟大的画作。

——一旦摒弃了幻觉，绘画就面临着这问题：去取代的不是形式，而是经验的现实，以它自身的经验来取代——

直至现在，形式和意义总是依赖创作赋予跟“自然”相似的错觉

现在艺术作品不能留在法朗士的“谎言”这个类别，它们必须是真实的，不是“现实主义”，而是现实本身——

它们必须给人的不是挫败感，而是一种完成感，一种现实感——这不是“表现”的问题——事实上很多东西都可以表现出来，而是独立存在的问题。

扩大——价值的复活，

十[1]

事物的普遍性
把我引向糖果
还有甜瓜花，它们

开在垃圾的边缘
不带口音地颂扬
农民的肩膀

和他女儿意外的皮肤
的素质，那么可爱
在干燥的地方

伴随着三叶草和纤细的
黄色五指草。就是这个
参与了令人欣喜的

眼镜的变形
看到一切并保持

1　此诗曾采用过的诗题为“眼镜”。

与数学有关——

在一副最实用的
由褐色赛璐珞制成
以代表玳瑁的眼镜框中——

一封来自那人的信
他想创办一本
由亚麻制成的新杂志

他拥有一台打字机——
1922 年 7 月 1 日
这一切都是为了让眼镜

去探索。但
它躺在那里
金色的眼镜脚折起

宁静的的的喀喀湖[1]——

1　的的喀喀湖（Lake Titicaca），南美洲最大的淡水湖，位于秘鲁和玻利维亚交界的安第斯山脉，乃世界上海拔最高，可容大船通航的高山湖。

十一[1]

我经过时对于这世界
脑中一片空白

除了凭借法律
我在路上享有的

通行权——
我看见

一个老人
微笑着把目光移开

向北越过一所房子——
一个蓝衣女人

笑着倾身向前
抬头看着

1 此诗曾采用过的诗题为“通行权”。

那男人别了一半
过去的脸

还有一个八岁男孩
盯着那男人

肚皮中间的
一条表链——

这幕无名景象
至高无上的重要性

使我加速从他们身边驶过
一句话也没说

何必操心我去哪里呢?
我只让我车子的

四轮继续转动
沿着潮湿的道路直至

我看见一个女孩一条腿
在阳台的栏杆上

只有在想象力创造的悬念的条件下，写作才有其现实性，正如前面部分解释的那样——在那个时候，不要试图根据预先设定的方法为所用的词设定价值，只要写下当时发生的事情便可——

当同情心和因想象力而达成的一致理解，让意识得以扩大的那一刻，去提高记录的能力；去练习记录那在运作中的力量的技巧，然后了解它，在它的巨大比例上——

这里出现的，是一个……

这不是“适合”，而是经验的统一

也就是说，想象力是一种可与电力或蒸汽相媲美的实际力量，它不是玩物，而是一种从一开始就被用来提高理解力的力量——不必诉诸神秘主义——事实上，就是它隐瞒了我寻求的知识——

想象力对作者的价值在于其造词的能力。它独特的力量，为创造的形式带来现实性，实际的存在

这分开了

写作不是在日常经验中寻找恰当的比喻和漂亮的意念和意象。我有过这种经历，这让我感到悔恨。它不是意识“新鲜地和貌似现实地”记录一天的经历——这种事情，对一个人的任何能力的发展都是让人担心的，它令他固执己见，让他成为一个——它破坏，它令自然成为他所遵循的特定理论的附属品，它令他对自己的世界视而不见，——

富想象力的作者，会发现自己不再为稍后可以把它们写下来的目的而观察事物。他会在那里享受、品味和参与那个自由自在的世界，而不是像一袋食物般随身携带，总是害怕自己丢了一些什么，或别人比自己得到更多的世界。

一个摆脱了记录它的必要性的世界，一个本身自足，远离他（事实肯定如此）的世界，而他与这个世界有着痛苦和甜蜜的关系，并独立于外——随意地从一事物转移到另一事物——随他喜欢，无拘无束——彻底的

而对此唯一的证明，是具有想象力的作品并不“像”任何东西，而是注入了一如注入地球的相同力量——至少是其中的一小部分。

自然是对创作的提示，不是因为它对我们来说很熟悉，这样我们对它所采用的字眼便具有一种最小公分母的特性，让它们得以流通——而是因为它具有独立存在，具有在我们自己身上感受得到的现实的特性。它不是反对艺术，而是与艺术对立。

我认为莎士比亚那句熟悉的，关于把镜子举在自然面前的格言，在强化我们艺术中的抄袭倾向上所带来的弊病，要比——

其中（尽管我们忘记了这不是莎士比亚，而是一个他想象出来的人物在说话）相信自然的反映就是自然这种错误更大。它不是自然。这只是一种假冒的自然，一种“谎言”。

当然，莎士比亚在揭示这种事情的虚假性方面，是最引人注意的理想例子。

他没有对自然举起镜子，而是凭借想象力，以自己的创作来与自然的创作竞争。

他自己变成了“自然”——继续“它的”奇迹——如果你愿意的话

我经常被自己的关于莎士比亚的讲述逗乐：他是一个相对无知的人，完全依照传统规范，由始至终过着逗人发笑的规律性和简单的生活，拥有郊区的房子、妻子和讨人喜欢的孩子，一个在宫廷里的女孩（他真的从来不会把她跟其写作混淆），以及为他带来发现的新鲜感、提供想象力所依赖的信息的咖啡馆生活。伦敦充满了科学和冒险的浓缩物。他在“美人鱼”[1]中看到了他所知道的一切。除了他的烈酒外，他在那里并不引人注目。

他的形式是马洛[2]提供给他的，他的故事是他的同行伙伴间的共同话题，或是一些编辑摆放在他面前的。他的文字因他周遭的生活而加快完成。

感受着生活的力量，在他那奇特的智慧中，在他头上伟大的圆顶中，他不需要其他，只需写下一些材料去释放自己的思绪。他缺乏科学训练，这削弱了他的力量。他是不受拘束的。

对莎士比亚来说，假装知道是荒谬的——那里

1　指美人鱼酒馆（The Mermaid Tavern），伊丽莎白时代位于伦敦的一家酒馆，座上客很多都是作家、文豪，其中包括莎士比亚。

2　克里斯托弗·马洛（Christopher Marlowe，1564—1593），英国伊丽莎白年代的剧作家、诗人和翻译家，为莎士比亚的同代人物。马洛以写作无韵诗（blank verse）及悲剧闻名，亦有学者认为他在世时比莎士比亚更有名。

并无出路——但他对那些跟他有关的事情，一如他们关心其他跟他有关的事情一样，拥有着知识，非凡的知识，这对他来说是不言而喻的。对其他人来说却不明显。

他的实际力量纯粹来自想象力。像威廉·莎士比亚那样说话是不被允许的，事实上，那样说话尤其被禁止，因为他缺乏信息，学习不足，在科学训练或冒险方面无法与同行竞争，而同时他的热诚和想象力，又足以让他明白除了追求完美、卓越、技术出色外，就别无出路了——他活泼的想象力提升了他，让他**不去复制**它们，不向它们举起镜子，而是作为知识的创造者，作为充满活力的、高深莫测的生命力，去赶上它们，超越它们。

他找到的出路不是模仿的，而是真实的。毫无疑问，《哈姆雷特》是在他人生半途时写成的。

他通过创造，通过人物，通过设计来发表权威的言论。他的世界里的事物，对他来说都是真实的，因为他可以运用它们，并以理解的方式来运用它们，以进行他的创造——

想象力是一种——

对莎士比亚含沙射影的现代批评尤其有趣，当看到有人试图将一个梭伦[1]的角色，强加给《理查三世》[2]的创造者。

所以我又回到我今日的反复变化。

所以它跟其他经典一致：它们的意义和价值只能在想象中研究和理解——只有产生它们的东西才能重新赋予它们生命，重新激发它们的完美——

死记硬背或科学研究都没有用——。对于支持想象力的某些理解则很有用——

是的，当阿纳托尔说这是一个谎言时，他是个傻瓜。——就是这样。如果演员模仿生活，这是一个谎言。然而——然而为什么要在没有观众的情况下，还要继续呢？

人们惊叹于艺术作品并说：天啊，他是如何做

---

1 梭伦（Solon，约公元前630—约公元前560），生于古希腊城邦雅典，集政治家、立法者、诗人身份于一身，古希腊七贤之一。

2 《理查三世》（*Richard III*），莎士比亚作品，大约创作于1591年；这部戏剧有时被归类为悲剧（早期的四开本），但更准确的分类应为历史剧。

到的？——是因为他们对神经系统的生理学一无所知，并且在他们的经验中从未见证过更大规模的想象过程。

这是从计算上无利可图的参与中向前迈出的一步。

十二[1]

红纸箱
铰链布制

内外都有
衬里
用
仿皮

它是太阳
是桌子
上备晚餐
因为
这些都一样

它的两寸托盘
背后有为飞机
输送黏合剂的
工程师

1 此诗曾采用过的诗题为“创作”。

或给缝补袜子
曲别针
和红色橡皮圈
的老太太们——

对那些吮吸
胶标签的
昆虫来说
结局是什么？

因为这是永恒
通过它的
旋钮我们发现
一个卷筒上的
透明纸巾

但是星星
是镶锡边的
圆
纸板

还有一个环
把它们扣在
一个行李箱上
去度假——

十三[1]

汗臭的厨房

的甲壳质

楔子

在倨临

海水冲击的

岩石上

从密集的后街来的

钢铁波浪

珊瑚

壳

发明了

电力——

灯

斑点

格列柯[2]

1 此诗曾采用过的诗题为“痛苦的塔尖”。

2 埃尔·格列柯（El Greco，1541—1614），西班牙文艺复兴时期画家、雕塑家和建筑家，表现主义先驱，被誉为是西班牙最伟大的画家之一。

湖泊
在文艺复兴时期
黄昏
伴随杵锤

它们粉碎了
老牧场的
氮气
以手手脚脚
躲开
汽车——

那聚合体
还未驯服
封装着
刺激物
但
从痛苦的塔尖
织出
和平

那儿桥柱
无疑在
休息

用晒伤的

长指

刺入

左心室

十四[1]

理发师
跟我谈起
死神
那理发师

用睡眠
剪短我的
生命来修剪
我的头发——

不过是
片刻
他说，每晚
我们都会死——

也谈到
在死神的秃顶上
长出

1　此诗曾采用过的诗题为“死神那理发师”。

头发的

最新方法——
我告诉他
石英
灯

以及套上
第三副牙齿的
老人
这是由于

一个老人
在门口说——
今日天晴！
这暗号

为此
死神一星期
为他
刮两次脸

十五[1]

大教堂的衰败
正在开花
通过电影院
惊人的增长

它们的普遍性
是进步，因为
破坏与创造
是同时的

没有牺牲
即使是最小的
细节，即使是
火山风琴[2]——

它的悲可翻译成
喜，如果光变
暗而暗又变

1 此诗曾采用过的诗题为“光变暗”。
2 火山喷发时熔岩凝结成柱状，像风琴管的形状。

光，一如它会——

但看来坚决的
分立已从垂直的
方向转移
通过简单地转动物体[1]

砍断它似乎在
培育的
灾难根源。因此
电影是一种道德力量

每晚群众
随着沙子的
亲密和共性
见证自吐

而自吐曾经被淹死
在焚香中，被无害的
关节柔软的想象
驱使不断吟唱

1 在瑟尔沃尔的笔记里，这行底下画了线，并写上“就像电影那样做”。

背后支持的是圣经的
僵固，化为祭坛上的
激情戏以吸引
精力充沛的群众

他们的女性亲戚
打扫着托尔斯泰所见
注入了俄罗斯
贵族气质的草坪

很少人理解莎士比亚那样的戏剧是如何写成的——或实际上任何有价值的作品是如何写成的，它的实际意义在于，只有当作品被生产出来时，才能以那仅有的方式被理解

学术绦虫把排泄物囤积在书本上只会徒劳无功。那是笼子——

绝大部分的写作，甚至还没有在仅能从中获取营养的范围开始。

这些东西没有生活，因为它试图“像”生活。

首先必须将这些能力转移到人类所知道的唯一

现实世界里去：想象的世界，完全属于我们自己的世界。只有从这个世界，作品才能得到力量，它的土壤，是化学性质完美达到目的之唯一土壤。

人们在一件艺术作品前所感受到的兴奋，正是他们从中得到的那种现实感。它建立它们，并重视经验——（已经说过六次了）

十六[1]

哦舌头
舔着
她下唇的
痛处

哦塌下的腹部

哦热情的棉花
缠着
乱蓬蓬的头发

极乐世界的口水
在
折叠的手帕上

我不能死

——患黄疸的

1 此诗曾采用过的诗题为“致患黄疸的老妇”。

老妇呻吟着
转动着她
暗黄色的眼球

我不能死
我不能死

十七[1]

我们的管弦乐队
是猫的坚果——

班卓琴爵士乐
通过镀镍的

扬声器
去抚慰

凶残的野兽——
掌握节奏

那个单子的东西
有很多上品。

老兄
给我起调

1　此诗曾采用过的诗题为“干吧吉米！”。

让我放松——

我让他们疯狂

以我的和声——

干吧吉米

没有人

没有其他人

除了我——

他们无法模仿

十八[1]

美国的纯产品
疯了——
来自肯塔基州[2]的山民

或来自泽西[3]嶙峋的
北端
那里有孤立的湖泊和

山谷，聋哑人，小偷
古老的名字
以及男女之间的滥交

男的不顾一切爱上了
铁路流浪
纯粹出于冒险的欲望——

女的是年轻的荡妇，从周一

1 此诗曾采用过的诗题为“致艾尔西”。
2 肯塔基州（Kentucky），位于美国中东部。
3 泽西（Jersey），位于美国新泽西州东北部的一座城市。

到周六
都沐浴在污秽中

那天晚上她们一身都是
廉价首饰
装扮的想象力没有一点

农民传统让她们显出
个性
只有激动和招摇

极薄的破衣——屈从着
不带感情
除了麻木的恐惧

在野樱桃的某处篱笆下
或荚蒾花——
这个她们无法表达——

除非是那或许
带着一点
印第安血统的婚姻

会呕出一个如此凄凉

如此被疾病
或谋杀包围的女孩

而她又会被一个事务官[1]
拯救——
由州政府抚养并

在十五岁时派到
郊区某些
局促的房子里工作——

某个医生的家庭，某个艾尔西[2]——
肉感的水
以停止运作的脑袋来表达

关于我们的真相——
她巨大的
笨拙的臀部和跳动的乳房

提供给廉价的
珠宝

1　指印第安人事务官（Indian agent）。在美国历史里，他们获政府授权处理印第安人事务。

2　艾尔西（Elsie），名为Elsie Borden，患有智障，在新泽西州立孤儿院长大，其后到威廉斯家中当家务助理。

和眼睛漂亮的年轻富人

好像我们脚下的大地
是
某些天空的排泄物

而我们这些被贬低的囚徒
注定要
受饿直至我们吃秽物

当那想象力在九月
令人窒息的
闷热中拼命追赶那穿过

金黄色花田的鹿群
不知怎的
它似乎要毁了我们

只有在孤立的斑点中
某些东西
才会被释放

无人去
见证

和调整，无人驾驶那辆车

或者更好的是：散文与情感的事实有关；诗歌与将情感化为一种更有生气的独立形式有关。这就是想象的力量。

散文：关于情感、理智状态、各种资料的事实陈述——各种技术阐述、行业术语——虚构的及其他——

诗歌：本身作为一种现实来处理的崭新形式。

散文的形式是其主题的准确性——如何最好地展示其素材的形式各异的阶段

诗歌的形式，与文字——或不论它是什么——所揭示的想象活动有关

那差异是彻底的

我为什么要走得比我能做到的更远？我的完美对你来说还不够吗？

那差异经历了经验的所有阶段。从散文跳到想象的变化过程，是智慧紧接而来的巨大飞跃——从对当下经验的模拟到想象的事实——

当代的最大特征是它的老套过时——像文学一样老套过时——

进入一个新世界，并在那里享有活动的自由和新鲜感。

我的意思是，总会有单调平凡的画作、作为典型的作品，在揭示流于表面的情感研究新阶段方面或许显得很聪明。

但是从那里跳到塞尚，或回到某些早期艺术那里去是不可能的。

早期艺术并非回到某个很遥远的时代——它们并非落后于经验。缩小僵化的庸俗经验与想象力的差距的作品是十分罕见的。它是崭新的，直接的——所以如此，是因为它是实际的，永远是真实的。它是将经验化为一种更有生气的现实。

时间不动。只有无知和愚蠢才会动。智慧（力量、能力）随着时间静止不动，只推动自身变化——在无足轻重之流中把世界筛出永恒来。

皮奥·巴罗哈[1]曾经让我感兴趣——

巴罗哈曾在医学界工作，那不过是在西班牙北部负责一些不重要的监察员工作，他离开后，在马德里开了一家面包店。

他所说的孤独，作为所谓的知识分子阶层的一员，影响他放弃自己的职位，并让他尽可能地投入因应社会阶层模式而形成的错综复杂的构思里去——他对孤独不感兴趣——

这些姿态，是为了自我保护，或保存某些备受尊重的素质所作的努力——

这里似乎是一个想象力匮乏的人在改变他的环境，以让他可能得到更丰富的养分——这个没有表达能力的社会阶层，活在想象的价值观念上。

我的意思，只是要强调从艺术的抽象化到最早

1 皮奥·巴罗哈（Pío Baroja，1872—1956），西班牙著名小说家，其小说语言明快洗练，具有浓重悲观色彩。

期艺术类型的日常运用之间形成的分裂——

那里有一个清晰的分野——一方面是想象力的激发力量——另一方面是庸众的攫取性——不断进取的力量

具有宗教信仰、忠诚、真诚和其他一切想象的价值观念的社会阶层是正面的（是的）

那在冬眠的，未磁化的商人——倾向于落入孤立的、不活跃的粒子中——然后宗教作为一种形式，艺术作为一种传统继续存在——

而那些粒子依附着的，充满活力的社会阶层，此刻在俄罗斯精神抖擞，因为想象的力量激发了他们——

无论如何，巴罗哈的变化让我很感兴趣

在艺术家，或有时被称为“富想象力的人”、“创造者”当中，这种力量在纯粹的状态下被认可——这一切都可以用来说明天才、手工劳动、宗教等等之间的关系，以及艺术家与中产阶级之间的麻木无感——

事实与想象的现实之间的跳跃

对一切人类活动的研究，是对这种力量的起起落落的描绘，这种力量从一个阶级到另一个阶级，从一个地方到另一个地方转移——节奏：莎士比亚波浪式的节奏，看着小丑们和国王们逐渐变得无足轻重

十九[1]

一年中的这个时分
十五、十七岁的男孩便会
戴两朵角状的丁香花
在帽檐——或一只耳上

这样做的作用是什么？

这是某种——
杂货店司机或出租车司机
包括白人和有色人种——

让头发长长弯弯的
覆在一只眼睛上的家伙——

角状的紫色

1 此诗曾采用过的诗题为“角状的紫色”。据瑟尔沃尔的笔记，威廉斯说这首诗“对自己十分重要——我被所见的一个男孩触动。我被那实际情况迷住了，浑忘了对诗的经营。我常在场景和韵律特性之间犹豫。这里我忘了韵律特性，因为那场景作为一个事实压住了我”。

肮脏的好色之徒，这是
无所不用其极的粗鄙

他们偷了它们
弄裂了灌木丛
带着对主人的诅咒——

丁香——

他们站在
商业街的门口
脸上带着冷笑

装饰着的花

来自他们芳香的头
黑暗的吻——粗糙的脸

二十[1]

包围她年轻身体的大海
呜啦噜啦噜
是许多手臂的大海——

正午炽热的秘密解开了
还有还有还有
破碎的沙就是爱的声音——

在海中翻动的肉体很结实
噢啦啦噢
海随亡者之泪一起冰冷——

深深穿透大海边缘
的求爱
在浪花激溅中回来——

回头的一个眼色
海洋一样巨大——

---

1 此诗曾采用过的诗题为“大海”。

浪随浪直到边缘

噢姆吧嚨姆

这是海的寒冷
被月亮的引力打碎
在沙滩上——

在海中玩乐的年轻肉体
随着远处男人们的叫喊漂浮
他们从海中举起

绿色的手臂
再向那边沉沉的夜
那一片田野致敬——

啦噜啦噜
但嘴唇太少
认定新的吧——吗噜呜

在黑暗的海底
无边无际
所以两个——

二十一[1]

伊甸园里的一天
一个吉卜赛人

笑着看
平淡乏味的

树叶——
那么多

那么淫荡
和安静

1　此诗曾采用过的诗题为“安静”。

二十二[1]

那么多事物
取决于

一辆红色
手推车

给雨水
擦亮

在白色的
鸡旁

生活被划分成的固定类别，必须始终保持不变。这些事情是正常的——都是每种活动所必需的。但它们并非作为解剖而存在。

知识的课程不能不分为种种学科，一千零一组资料，科学的、哲学的或诸如此类的——就像莎士

1　此诗曾采用过的诗题为“红色手推车”。

比亚的作品一样多——这些东西让他看来像所有年龄层的大学。

但事情不是如此。在电流范畴——同样的事物存在，但在被想象力激发时会处于不同状态。

整个教育领域都受到影响——没有意义的细节没有尽头。

教育会首先将知识——处于僵死状态——的本质，以及可能激发其力量的本质，置入学生的脑中。

这会立即阐明他的领域——然后他将看到资料的使用

然而现在知识被置于一个人面前，就好像一道楼梯，到梯顶便可获得最高级的学位。

没有什么比这更荒谬了。资料是没有尽头的。那里有精通解剖的，有熟悉零件的，但在知识的运用上——

这是那想象力——

那就是：生活绝对是简单的。在任何文明社会中，每个人都应该立即及永远了解有关生活的一切。困惑，是永远不被容许的——

生活会遇到困难，在陷入绝境的情况下，生活可能被证明是不可能的——但它绝不能失去——就像今天一样——

我清楚记得莱比锡的年轻波兰人屏气凝神地去听冯特[1]的演讲——在这大量错综复杂的哲学资料中，可有一个听众能够维持自己的状态不眨一眼。没有一个。以大量复杂的事实淹没智慧，这并非知识。那是没有尽头的——

什么是第四维度？它就是知识的无穷无尽——

它是现实所依靠的想象力——它是想象力——它是通过一种总体而言不存在的，因而永远无法被它的仔细分析所发现的力量，而对一切事物产生的差异。

1　威廉·冯特（Wilhelm Maximilian Wundt，1832—1920），德国著名心理学家、生理学家和哲学家，心理学发展史上的开创者，被公认为实验心理学和认知心理学的创建人。

正是这个原因，我总是把艺术放在首位，并比科学更尊重它——不管怎样。

艺术，是科学对其现实所依赖的力量所产生的纯粹效应——诗歌

这种认识对生活的影响，将是把知识置入生气勃勃的潮流中——这是它一直寻求的——

在其他时候——人们认为失去理智是一种悲剧——今天，男孩们因最单调无聊的信念而被送到各种技术学校——破碎的，受伤的

很少人逃过整场屠杀。这不是文明，而是愚昧——想象力的完整性，在进入知识之前——

其效果将是重视经验的细分——今天这些细分完全消失了——那里根本不存在任何东西。

散文——当价值观念很重要时，例如——例如，否认散文和诗歌在意图上绝不相同是没有用的。然则，散文是什么呢？它没有必要接近诗歌，除非它想变得虚弱。

有了像样的知识，我们就可以知道事物的作用是为了什么

我期望看到价值观念开花结果。我期望看到散文是散文。散文，摆脱了外来的、不相关的价值观念，必须回到它唯一的目的：达至思路清晰以阐明那种理解。散文没有形式，只有依赖清晰思路的形式。如果散文没有准确地调整以配合事实的阐述，它就不存在——它的形式仅是这样。以启迪方式到处渗透——

诗歌是完全不同的东西。诗歌与想象力的结晶化有关——崭新形式的完美，是作为对自然的补充——散文可能会随之阐明，但诗歌——

我所写下的是散文吗？唯一的答案，是散文的形式随着所传达的内容的结束而结束——如果继续下去的力量在句子之中有所动摇——那就是句子的收结了——而如果在那一刻进入了一个新阶段，那么继续下去只是愚昧。

没有困惑——只有困难。

二十三[1]

名副其实属于铁丝网
和星星的夜晚

月亮在
橡树的胯下

而睡觉的人
在窗口咳嗽

越过圆的
和尖的树叶

还有昆虫叮咬
当白色的月光

在草地上
含着泪

1　此诗曾采用过的诗题为“冗长的废话”。

臆想下午的
态度——

但它是真实的
桃子挂在那里

回忆死亡
长期承诺的交响曲

它悦耳动听的树林
和细长的灌木丛

是存在
而非实有的幽灵

除了带来果汁
和果肉去缓解

晚上显露的
饿意

所以现在终于
真相大白

带着恶魔般的平静
预防着日子

它在明天破晓
带着可怕的红色

那心脏去断言
伴随爱恋着

海洋和田野的雾——
于是月光

是完美的
人情味

二十四[1]

叶子拥抱
在树上

这是一个无言的
世界

没有个性
我没有

去寻一条路径
吉卜赛人的唇

仍紧压着
我的——

这是没有
变成

1 此诗曾采用过的诗题为“白杨大道”。

毒藤
或荨麻的

叶子之吻，是橡树叶
之吻——

吻过一片树叶
的人

无须再去寻找——
我上升

穿过
一篷叶荫

同时
我下降

因为我没做什么
异常的事——

我开着车
我想起

比利牛斯山的史前洞穴——三兄弟洞穴[1]

一方面被称作散文，另一方面被称作诗，它们之间本质上的区别，不能通过在它们并列时文字上的格律特征研究来发现。说随着节奏越来越不明显，诗逐渐变成散文是荒谬的，事实上，诗与散文的不同之处在于其格律更明显，其文字流动更充满激情，而那被称为有节奏的散文，则居于散文与诗之间。

确实，诗可能比所谓散文更为人加倍强调，但是说这多少反映了两者性质的不同，肯定是犯了从特殊到一般争论的错误，它达至的效果是：由于一个客体具有某种特征，因此赋予它形式的力量总是会在该特征中显露出来。

当然，除了通过手头上唯一有效的手段，即外在的、表面的外观来区分散文与诗之外，别无他法。

1　三兄弟洞穴（Grotte des Trois-Frères），位于法国阿列日省孟德斯鸠–阿旺泰斯的石灰岩洞穴群。1914年由亨利·博古安（Henri Begouën）伯爵发现，并以他三个儿子的名字命名。该洞穴以极具艺术与历史价值的史前壁画与雕塑闻名。

但也可以提出一个相反的建议，就是：这首诗这样的性质，让它可以在无须强调任何格律形式的情况下出现，而散文则可能会被加倍强调——简而言之，不管问题是什么，格律都与之无关。

当然可以说，如果可以感觉到差异，而眼睛和耳朵却无法发现，那么它究竟是什么呢？或许可以这样争辩，由于根据我的建议，散文和诗之间没有可发现的分别，因此很可能不存在任何差异，两者都是同一事物的不同阶段而已。

然而，很明显，两者之间有非常显著的差异，这可能是因为它们都有各自的渊源，都使用相似的模式来实现不相似的目的；诗经常落入格律模式，但并不总是如此，散文经常不用格律，但也并不总是如此。

这至少可以解释我今天看到的一些最好的作品，也解释了我发现的一些最值得注意的失败之作。我在写作中寻找能以某种方式打动我的“东西”——它给了我一点启发，就是为什么惠特曼的一些作品是糟糕的诗，而另一些，运用相同的格律，则是散文。

实际的重点，是发现一部作品何时被视为来自这源头，何时来自那源头。当发现一部作品，它会是——如果是诗，它意指这个，除此无它——如果是散文，它意指那个，除此无它。此外一切都是一种困惑，一种愚蠢和糟糕的做法。

我相信这是可能的，一如我基本上相信玛丽安·摩尔是所有美国作家中最贯彻始终的一个诗人——不是因为她的诗行总是充满意象，不是的，它们通常具备图像般的资讯性；也不是因为她把作品剪裁成某些形式——她的作品经常不用格律——但我相信在她的作品中，她是最贯彻始终的一个诗人，因为她的作品的目的，总是来自诗歌发轫的源头——亦即它不断来自诗歌的目的。此外，它实际上具有这种特征，就其渊源而言，当它避开诗的节奏时，会比不避开时更容易辨识。它把诗的目的写入其中，因此它是诗。

我相信，当诗写得失败时，它不会变成散文，而只是糟糕的诗，这是可能的，甚至是基本的。对玛丽安·摩尔的考验是，她有时写好诗，有时写坏诗，但总是——出于单一的目的，来自单一的，像那样的喷泉——

实际的重点，是发现——

我未能再进一步，只能说，诗滋养想象，散文激发情感，诗将文字从情感暗示中解放出来，散文从中加以确认。两者都以离心或向心的方式走向智慧。

当然，必须理解的是，写作要处理的是文字，仅是文字而已，而所有关于它的讨论，要处理的是个别的字词，以及它们与整体文字的关联。

就我所能发现的而言，除了我所标出的那一个之外，没有其他办法可以令人满意地处理某些句行，例如出现在莎士比亚的某些戏剧中的，或玛丽安·摩尔的一首诗中的句行，让我们说：明天将是四月一日——

对于生活在北温带的人来说，这当然有一种情感内容，但谁会说它——就其本身而言——究竟是散文还是诗，除非围绕着它的文字所传达的意图在上面加上了一些标记

无论是写作还是理解诗歌，都必须认识到这些文字所走的路向，是与一窝蜂式的竞争有别，或根本在作品中就没有这种成分。

玛丽安的文字保持独立，每一个字都不愿跟其他字组合，除非它们都朝着一个方向移动。这甚至是摩尔小姐作品的一个重要——或有趣的——特征。

她的作品让我迷惑。要令人信服地引用并不容易。

二十五[1]

在纽约州每四分钟
就有一个人死亡——

见鬼去吧你和你的诗——
你会腐烂并被吹走

穿过下一个太阳系
连同其余的气体——

你到底知道它一些什么？

格言[2]

不要被杀

小心十字路口运动

1 此诗曾采用过的诗题为“快速交通”。

2 这些格言（Axioms）其实是诗人在 1922 年夏天搭乘地铁时所见到的宣传文字，如“小心横过路口”（CROSS CROSSING CAUTIOUSLY）、“嗬！到开阔的野外去吧”（HO! FOR THE OPEN COUNTRY），等等。诗人没有怎样改动这些宣传文字，几乎全部照搬，除了挪走了 HO！的感叹号。

小心横过路口

马　　　　黑
　　　　　　与
跃动　　　白

在纽约市郊游

嗬到开阔的野外去吧

不要一直关在闷热的房间里
去一个大公园吧
例如佩勒姆湾[1]

它位于长岛海湾[2]
有游泳，划船，
网球，棒球，高尔夫等活动。

一亩亩的绿茵
美好的树荫，潺潺的溪流

1　佩勒姆湾（Pelham Bay），位于纽约市东北角，是纽约市最大的公园。

2　长岛海湾（Long Island Sound），大西洋的一个河口湾，在美国长岛北方。

搭乘莱辛顿大道（东城）线[1]

佩勒姆湾公园支线

你就可以在几分钟内

到达

跨区捷运公司[2]

1 莱辛顿大道线（Lexington Avenue Line），又称东城线或莱辛顿–第四大道线，是纽约地铁 IRT 分部其中一条路线，由布鲁克林下城或曼哈顿下城北上至东哈莱姆的 125 街。

2 跨区捷运公司（Interborough Rapid Transit Co.，简称 IRT）是纽约市于 1904 年开通的地铁线及纽约市早期高架铁路和其他地铁线的私人运营公司，1940 年被纽约市政府收购。

二十六[1]

球赛的观众
一致地

被徒劳的精神感动
这让他们高兴——

追逐，闪避，犯错
神乎其技的一刻

所有令人兴奋的
细节——

全部徒劳，除了那
永恒之美——

因此在细节上，他们，那人群，
都很美

1 此诗曾采用过的诗题为“看球赛”。

为此

而被警告

被致敬和受蔑视——

它是活着的，有毒的

它冷冷地笑着

它的说话如利刃——

跟母亲一起的俗艳

女子，明白了——

犹太人一下子弄通了——它

是致命的，可怕的——

它是宗教裁判所[1]，是

革命

它是美的自身

日复日

1 宗教裁判所（the Inquisition），或称异端裁判所，乃1231年天主教会教皇格里高利九世（Pope Gregory IX）决意设立的宗教法庭，负责侦查、审判和裁决天主教会的异端分子。

活在他们之中
无所事事——

这是
他们面孔的力量

它是夏天，它是夏至
人群在

欢呼，人群在大笑
对每个细节

永久地，认真地
不假思索地

想象力使用科学的用语。它攻击，鼓动，活化，对所有可以被行动触及的东西都具有放射性。文字凭借其过程的力量得到解放。

在描述中，文字会依附在某些客体上，并对牡蛎或藤壶的感觉发挥影响。

然而，当冈特的约翰[1]在《理查二世》[2]中的说话——想象一下拥有失去的东西——就意义而言令想象力被视为脱离现实时，想象力就被错误地理解了。当冈特的约翰的说话，就其意义而言不被讲述为他儿子幸福与否所系的客体，而是讲述为一种在他的身体状态上的舞蹈，并准确地伴随着它时，想象力就被正确地理解了。通过这种理解的方式，那写下的剧本被理解为一个剧本，作者和读者就可以得到解放，随着从历史的古老事实中涌现出来的，并与当下激情重新结合的文字一起旋转共舞。

理解文字如此自由开放就是理解诗歌。当它们自由时独立运作，便是其价值标志

想象力不是回避现实，不是描述，也不是客体或情境的召唤，那就是说，诗歌不篡改世界，而是推动世界——它最有力地肯定现实，因此，由于现实不需要个人的支持，不受人类行为的影响而存在，正如科学在物质和力量的不灭性中所证明的那样，

1 冈特的约翰（John of Gaunt，1340—1399），英格兰国王爱德华三世的儿子，理查二世的叔叔，因侄子年幼，所以代为治理国家。约翰因娶了兰加斯特公爵的女儿布兰奇而成为兰加斯特公爵，而他的第二任妻子康斯坦丝是卡斯蒂利亚暴君佩德罗的女儿，他因此要求卡斯蒂利亚的王位，但未能战胜竞争对手恩里克二世。

2 《理查二世》（*Richard the Second*）是莎士比亚创作的一部历史剧，首版于1597年。

它创造了一个新的客体，一出戏剧，一支舞蹈，它们都不是一面举向自然的镜子，而是——

就像鸟儿的翅膀拍打着坚实的空气，没有它，便无法飞翔，所以想象力释放的文字，通过它们的飞翔来肯定现实

把写作比作音乐。目的是，它看来让诗歌成为一种纯粹的艺术，就像音乐一样。绘画也是。写作，就像我见过的某些现代俄罗斯人的作品一样，会使用无定向的声音来取代传统的词汇。当声音与某种东西——也许是情感—— 一致时，这首诗就会完全被解放。

我不相信写作就是音乐。我不相信写作通过寻求达到音乐的条件，会提升质量或力量。

我认为音乐的条件，是让作者发挥想象力的客体，就像一张桌子或——

根据我目前的主题，富想象力的作者，不是在他的文字跟自然事物和特定意义脱离时，而是在它们通过转换至另一种手法，即想象力，使它们从那意义的平常性质中解放出来时，才能达到最接近音

乐的条件。

有时我把想象力说成一股力量，一种电力，一种手法，一个地方。这无关紧要：因为无论是一个地方还是一种活力的条件，它的效果都是一样的：把事实世界从“艺术”的实施中解放出来（见哈特利的最后一章），解放人类，让人顺着他的性情走向而行动。

这个字词没有被解放，因此能够传达从固定性中得到的解脱，这些固定性毁了这个字词，直到它准确地适应那个赋予它现实性的事实，现实通过自身建立了它自己的自由，远离一个字词的需要，因此同时解放了它，活化了它。

二十七[1]

黑心金光菊[2]
鲜橙色
环绕着紫色的核心

白雏菊
并不
足够

群众白色
像活得糟糕的
农民

但你
富于
野蛮——

阿拉伯
印度
深色皮肤的女人

1 此诗曾采用过的诗题为“野花”。

2 黑心金光菊，英文俗称“黑眼苏珊”（black-eyed susan），原产于美国东部和中部，乃美国马里兰州的州花。

图书在版编目（CIP）数据

春天及一切：威廉斯诗选：全 2 册 /（美）威廉·卡洛斯·威廉斯著；钟国强译 .-- 北京：中信出版社，2023.6

书名原文：Selected Poems of William Carlos Williams

ISBN 978-7-5217-5458-2

I. ①春… II. ①威… ②钟… III. ①诗集－美国－现代 IV. ① I712.25

中国国家版本馆 CIP 数据核字（2023）第 069216 号

春天及一切：威廉斯诗选（全 2 册）

著者：　　[美] 威廉·卡洛斯·威廉斯

译者：　　钟国强

出版发行：中信出版集团股份有限公司

（北京市朝阳区东三环北路 27 号嘉铭中心　邮编　100020）

承印者：　山东临沂新华印刷物流集团有限责任公司

开本：1092mm×787mm 1/32　印张：14.5　字数：61 千字

版次：2023 年 6 月第 1 版　印次：2023 年 6 月第 1 次印刷

书号：ISBN 978-7-5217-5458-2

定价：88.00 元（全 2 册）

服务热线：400–600–8099

投稿邮箱：author@citicpub.com

SPRING *and* ALL

SELECTED POEMS OF WILLIAM CARLOS WILLIAMS

春天及一切：威廉斯诗选

雅众诗丛

[美]威廉·卡洛斯·威廉斯 著

钟国强 译

(1922—1962)

中信出版集团 | 北京

雅众文化 出品

目录

集外诗（1922—1928）

寒冬降临（1928）

集外诗（1929—1935）

集外诗（1939—1944）

楔子（1944）

集外诗（1945—1948）

勃鲁盖尔的画作（1962）

集外诗

(1922—1928)

我的爱

我的爱
就像
蓝天上
的
一个
绿色玻璃
绝缘体。

公牛

它被关着——
穿上环，套上笼头
拴在一个大耙上
这公牛如神一样

不像母牛
他单独生活，小心
翼翼地嗅闻芳草
以打发时间

他跪下，躺平
并伸出前腿
舔自己的
蹄子

然后停下
半闭着眼睛
对过去的光辉岁月
作庄严的评述

——浑圆的太阳
穿过
亮泽的松树林
抚平他的漆皮

他的体质硬如
象牙或玻璃——
穿过其中的风
仍在嬉戏——
　　　　　　没有奶

他点头
两角和双眼之间
的毛发缠着
风信子的鬈须

鱼

是鲸鱼把小鱼
都赶进了峡湾。
我曾有一次见过
水中有四五十头。
我坐在一条小船上
当它们从船底游过
四周的水面
都汹涌起来。

鲱鱼的声音
几乎一里外都可听见。
它们在水中如此密集
让你几无落桨之处。
一片全银！

还有成千上万的鱼
都必须逐一用手去抓。
女人和小孩
用手指在喉咙下
拉出一小块

好让海水进入。

在岸上我见过数以千计
装满了鱼的木桶。

冬天他们布下
捕鳕鱼的刺网。每晚
都能捕获数百条。
早上人们
收回刺网，鱼
全都在船上了。
鳕鱼大得——我见过——
当有人把它
举在头顶时
那尾巴扫着地面。

沙丁鱼，鲭鱼，凤尾鱼
所有这些。而在河里
是鳟鱼和鲑鱼。我见过
设在一道瀑布下的网
早上有六十条鳟鱼在里面。

但我想现在挪威
再没有这种鱼了。

我十二岁前
在罗弗敦群岛[1]——
岛上连一棵树或灌木也没有。
但在夏天
太阳从未消失
草比这里的高。

太阳绕着地平线转。
晚上十二点到一点
它非常低，靠近大海，
往北边。然后
它上升少许，缓慢地
直到中午，然后再次下降
如此这般三个月，起初
升得高些，然后低些，
直至它消失不见——

冬天的雪常常下得
跟这房间的天花板一样深。

如果你去那里你会看到

---

1 罗弗敦群岛（Lofoten Islands），位于挪威北部。

许多英国人
靠近瀑布和在桥上
钓鱼，钓鱼。
他们会在那里站上几个小时
去捉鱼。

靠近岸边
那里水深大约二十尺
你可以看到
沙上的鲽鱼。它们的
侧面有红斑。人们
坐船而来，用尖利的长杆
刺它们。

你见过瑞典人是怎么喝茶的吗？
就这样，用茶碟。他们吹它
然后这样那样地转动它：就这样。

高，瘦
下垂的大鼻子，黑眼圈，
声音缓慢而带笑：

在狭窄的溪流上
我见过男孩子们

双脚分开站在两块岩石上
当有鳟鱼游过便伸手去抓。
他们抓鱼的方法很特别，
抓鳃，就这样。长长的
手指弓起，像抓钩。

然后是不耐烦的沉默
当一个小个子说：

英国人是非常好的运动员。
在我入住的
冬季度假胜地
早上他们总是率先
起床，率先
装备好到场滑雪。
我曾见过一个年轻的英国人
身价七千万英镑——

你不了解北方。
——也许你在晚上会看到
有一条长尾巴
全身蓝色的胡德拉[1]

1　胡德拉（Huldra），北欧传说中的森林精灵。

还有半人半鱼的水中精灵[1]。
当他们碰见其中一个
便知道有些船将会消失。

1 原文为挪威语 Nekke，指北欧传说中魅惑人类的水中精灵。

酒鬼

（这首诗，最近寻回，是我在1923年秋天寄信给母亲时附上的，信的部分内容如下：

最亲爱的母亲：这里有一首诗，可以放在我后期一些“难以理解”的作品旁边。我想你会喜欢它。这好像是那种我要做的事情。艺术是一种奇妙的指令。我们必须做我们被嘱咐的事情，而且在光的许可下能走多远就多远。我总是很认真，这一点你——如果有谁——必定知道。但毫无疑问，我让你困惑了——就像让我自己一样。深爱你的儿子。W。）

你这醉了的
蹒跚的
酒鬼

以神之名
不管你所有的
污秽

和龌龊
我羡慕
你

这正是爱
本身的
面孔

在那无能为力的
拘押中
放弃

给绝望

雌雄同体电话

温暖的雨
洗去冬天的
雌雄同体电话

它的魔铃
刺穿冬眠的
地面

注满圆圆的
紫，绿和
蓝的银莲花

结晶的
春天
那焕发的虚无。

死婴

打扫房子

　　在寻求放假者

　　好奇的脚下——

打扫桌子和床下

　　那婴孩死了——

靠窗而坐的母亲

　　无人安慰——

眼下有紫色的眼袋

　　父亲——

高大，口齿伶俐，惹人同情

　　是两人中比较能干的——

把房子打扫干净

　　这里有一个已经上了

　　天堂（虽然事有蹊跷）

没头没脑地

　　由于事实的力量——

大扫除

　　是其中一种表达方式——

赶快！他们随时

　　都会从医院

　　把他带回来——

一种我们生活中的白色典型

　　一种稀罕事物——

被鲜花包围

冬天

雪现在
躺在地上
还有更多
降临其上——
片片红土
与簇簇
旧雪
拥在一起

这是冬天——
皮革绿的叶
的环饰
在旧栅栏旁
光秃的树
标记着天空——

这是冬天
冬天，冬天
皮革绿的叶
呈长矛形
在飘落的雪中

在鲜艳的壁纸上

由银线统治的
蓝绿色大地
说阳光灿烂

在这草或梦的
道德的海洋上躺着花
或满篮子的欲望

天知道它们是什么
在蔚蓝色的形状之间
整齐地铺上

簇簇玫瑰和三尖
金叶
三三不尽

三朵玫瑰和三根茎
花篮在漂浮
站在蓝色的号角中

重复到天花板

到窗户

那里日子

把波浪形的窗帘

吹进

雨声中

百合

虎百合[1]岔开的
花蕊穿过窗户
在天空中——

一只蜂鸟的翅膀
仍在花丛上
嗡嗡作响——

因后卷的斑驳花瓣
和垂着的舌头
气息被看见了——

下雨了——
水在后卷的花瓣中
被抓住

花瓣被抓住也被承托
还有一只苍蝇——
都在盛开

---

1 虎百合（tiger lily），或称虎皮百合、卷丹。

寒冬降临
(1928)

9/30

没有完美的波浪——
你的作品是一片大海
充满拼写错误和
病句。平平无奇。问题多多。

一个远离陆地的中心
被几近沉默的
似乎永不歇息的鸟儿
的翅膀触动——

这是大海的悲哀——
波浪一如文字，全部破碎——
情绪升跌都一样。

我斜靠着看那些细节
易碎的浪峰，脆弱的
不完美的泡沫，黄色的水草
——重复不变——

没有希望——如果不是

一座慢慢形成等待鸟儿

掉下种子的珊瑚岛

就会让它适合居住

10/21

在枯死的杂草中有一堆垃圾
烧着了：橙色的火焰
水平飘动，乘着风
它们与地面平行
上下挥舞
焰尖错落
火中布满环圈
和紫痕，而上面
苍白的烟，则
持续向东——

老人还有什么机会？
他们已无职责在身
没有可坐之处
他们的知识被嘲笑
他们看不见，听不到。
肩上的小包
把他们压得喘不过气
一只手放回它下面
以保持稳定。

他们的脚受伤了，他们很虚弱
他们不应该像年轻人
那样受苦而且必须受苦
他们应该歇下了

10/28

在这强光中
没有叶子的山毛榉
像云一样闪耀

它似乎自身
发亮
以爱情
赤裸的柔光
在脆弱的
草上

但再看一眼
那里还有
几片黄叶
在飘摇

远远相隔

这里一片那里一片
鲜明地抖动着

10/29

贫穷的正义
　　它的耻辱它的肮脏
是一个吝啬于爱
　　的人

它裹在防水布里的风琴
　　是青鸟
是昏昏欲睡的肥马
　　是老人

是帽子遮住眼睛的
　　坏脾气的磨刀匠
是笑容满面的乞丐
　　是熄灭的灯笼

是流行的曲调——
　　卖给出价最低者
以五美分
　　两美分或

分文不付，甚至

　　违反那强加于

我们身上的欲望

11/1　今晚我不用补妆，因为比利会开车送我回家——[1]

月亮，枯草
和昴宿星团——

七尺高
黑暗，干枯的草茎
让夜的一部分
变成红蕾丝
在乳般的蓝天上

靠着一盏小灯
写——

昴宿星团几近
无名
月亮斜挂
半隐

而在发光的广告牌上

1　在《寒冬降临》这本诗集里，诗与散文相混；这里写在日期后的，乃作者的一段记述文字。

穿上跑裤

带着狂喜而具美感的

面孔，正跃过

印刷出来的障碍以及

“他们四分之一的能量来自面包”的

是两个

巨人般的高中男生

十尺高

11/20

即使傻瓜也会变老
　　头戴便帽
帽檐在右耳上
　　眼斗鸡
步蹒跚
　　记挂消防站后的
三只山羊
　　脸上皱纹
比去年更深了
　　而雨突然
挟阵阵狂风而来

集外诗
(1929—1935)

月亮——

下潜

穿过卧室

凭借

句子法则

让那车

行驶在页面上

射穿

芦苇状树林后面的

屋顶

这是夜晚

醒向

淫荡的气味

孩子和蔬菜

种子之火在她摆出的姿势里
在修剪过的草坪上，独自

在白色的老房子前
那里植有大榆树，对称地

把房子框住。正好就在
这缓缓倾斜的景观中央

在她堆着南瓜和嫩玉米的
桌子背后，面向马路

她坐着，双脚笔直
紧靠在一起

双膝并拢，双手
优雅地交叠在大腿上。在

蔬菜面前一脸认真，温柔
嘴角甚至保持一种邀请的

微笑——前来购买，
唯独双眼流露着——半醒状态。

这些是花芽密瓣的
线条，经精心

设计，是仪典里的
蔬菜供品。南瓜光滑的

球体，玉米的聚宝盆，
新鲜的绿色，如此安静，

如此度身定造，整体如此
满溢和谐匀称……

正默默安歇着渴望
和骚动的轮廓——

树[1]

树——作为树
猛力摇摆，尖叫
狂笑，诅咒——
彻底放弃
谴责人类——

天哪，那帮混蛋
根本从没想过
要待在外面的雨中——

哇哈哈哈

嘻嘻嘻
咔嚓咔嚓
塔卡塔卡
哇哈哈哈哈
哈哈哈

1　在瑟尔沃尔的笔记中，威廉斯说："我在尝试为诗歌加速。在现代世界中，没有时间去啰唆。我感受到一种迅疾的节奏——一种摆脱任何约束的独立宣言。"

颤颤地，叶芽
从每一个毛孔中绽发
甚至树干自身
也萌出新叶来——

释放欲望！
我们赤裸裸地向你呼喊——
“做你喜欢的事。”

你不能！

——幽灵
力量渐竭

在闸口大哭
在桥头心碎——
欲望
死在心里

喃喃喃喃
——记忆也破碎

呜呜呜

从来没有萨蒂尔[1]

没有狂女[2]

没有鹰头神[3]——

这些都是人

从他们手中蹦出

爱

使树木迸发——

树是他们的同伴

——是一股寒风严冬般

长在我们肉体的洞穴里

愉悦地冷冽——

我们无一部分未受触动

1 萨蒂尔（Satyr），希腊神话中淫逸放纵的半人半山羊的神。

2 狂女，指希腊神话中酒神狄俄尼索斯（Dionysus）的女追随者迈那得斯（Maenads）。

3 古代神话传说中多有这种鹰头神，如亚述人崇拜的神灵尼斯洛克（Nisroch），其形象便为鹰首人身；古代埃及神话中法老的守护神荷鲁斯（Horus），便是一位隼头人身的神祇。

风增大

不胜其扰的
大地被横扫
　　　　　　树木
郁金香明亮的
　　尖端
　　　　　　左摇
右摆——

　　让你的爱放开
流动

吹！

天啊什么是
一个诗人——如果
　　　　　　有的话？

一个人
他的文字会
　　咬出

　　　　　　回家的
路——真实的
有运行的
　　　　　　形式

在每一条枝梢上

崭新的

在思维
受尽折磨的躯干上

　　紧抓住

地面

一条路径
　　通向最后的叶尖

死亡

他死了

狗不必
再睡在他的土豆上
以免它们
冻坏了

他死了
那老混蛋——
他是个混蛋因为

在他身上
不再有什么是
合法的
　　　　他死了

他是病死的

　　　　　　他是
被遗弃的古玩

里面
没有一丝气息

他什么都不是
　　　　他死了

干瘪的皮包骨

　　　　把他的头放在
一张椅子上他的
脚在另一张而
他会躺在那里
像杂技演员——

爱被打败了。他
打败它。这就是为什么
他让人受不了——

　　　　因为
他在这里需要刮一次
胡子和让爱变成
痛苦和失败的
内心哀号——

他已从那人身上走出来
他已让
那人离去——
　　　　　　那骗子

死了
　　他的眼睛
向上翻到再没有
光—— 一个笑柄

　　　　　　　　爱
无法触及——

把它埋起来
隐藏它的脸——
因为羞耻。

波提切利亚树[1]

树的

字母表

正在叶的歌声中

消失

拼写冬天的

纤瘦的

字母

交错的枝

和严寒

已被雨水和阳光

以尖尖

冒出的绿

1　这是指具有意大利画家波提切利作品特点的树。桑德罗·波提切利（Sandro Botticelli，1445—1510），欧洲文艺复兴早期的佛罗伦斯画派艺术家，其代表作为《春》及《维纳斯的诞生》。

照亮——
挺直的树枝那些

简单而严格的
原则

正被色彩，真诚的
环境

爱的微笑
……
那些掐出的假设
修改——

直至被脱光的
句子

像女人衣衫下的
肢体那样挪动

而来自秘密的赞美
迅速到来，伴随欲望

爱的上升

在夏天——

在夏天，歌曲

自己在唱

在含糊的文字上——

一个婚礼

　　　　　　在一条
河流逼近的黑暗之上
冬天的冷空
梦想着城市的轮廓：

这是属于我的！一朵花，
一种水果，一种动物本身——

它没有认出我
永远不会。但，它还是属于我的
我对它心焉向往
沉默地——

　　却也雄辩地
在我自己的怀里，为了我所爱的你
——而我不能表达我的爱
是什么，它如何变化，虽然
我错过了它——

　　　　它是

一条河流过垃圾
杂草枯枝
和从上面落下的
冰壳似的丁香，好像随同
你的心思——

这是我的脸及其情绪
我的情绪，一片皱起的白
被水流抖动
水流在迅疾中保持恒定
像一片池塘——

　　　　一个波兰人
在刺骨的风中，她的双臂
交叠在胸前
并蹒跚地靠近。在看
什么呢？下游。是
旧世界的气味：贫穷的
发育不良的，由于信仰上出了
什么错误，而满是偏见——

　　　　　　这时一个男孩
正从河岸下方把一个
结实的金属鼓推滚上来。

那女人和男孩，两个
贼一般的人，跟那物
搏斗……在这日光下！

　　　　　　而那里还有
一棵没有叶子的树
就在水边，还有——

　　　　　　我的脸
对你恒定不变！

诗

如猫
爬过
果酱柜

顶
先是右
前脚

小心地
继而后脚
往下

踏入
空花盆的
坑洞中

楠塔基特[1]

花透窗而来的
淡紫和黄

被白窗帘改变——
洁净的气味——

傍晚的阳光——
在玻璃托盘上

一个玻璃壶，水杯
翻转，旁边

躺着一把钥匙——还有
洁白无瑕的床

1 楠塔基特（Nantucket），美国麻省鳕鱼角（Cape Cod）南面五十千米外的小岛。

便条

我吃了
李子
那些在
冰箱里的

那可能
是你
留作
早点的

原谅我
它们是那么可口
那么甜
那么冰凉

早期的殉道者及其他
(1935)

早期的殉道者

他们不许他
出庭作证
说出原因
为什么他在
专卖店偷窃
然后寄明信片
叫警察
来逮捕他
——如果他们可以——
而是仓促把他送去
为犯案疯子而设的
精神病院
不经审讯

他无法得到
预防疯狂的
药物
出于沮丧和
坚执
他走到疯狂的

边缘——

铁板一块，但最后他们
不得不释放他——
病院有
“人满之患”
他们让他走
由一名亲戚监护
条件是他必须
留在
州境之外——

他们顺利地
“治愈”了他
但他反抗的
体制
仍然存在——
而他的青春行径
标志着他
充分经历过的
浪漫的
反叛期
仍然是美好的——

让他成为
一直尖锐发声的
工厂的汽笛——
感觉，感觉，感觉！
只要有
一颗要记住的心
一把要继续
下去的声音——
永不放弃
坚持下去！
这是无可避免的，就让
他原以为可以信任
却反被它们出卖了的
那些受贿的法庭
感到害怕吧。

海边的花朵

在繁花似锦，鲜明的牧场
边缘，那盐海，悄悄地

提升它的形态——菊苣和雏菊
紧拢，放开，似乎不单单是花

而是坚持不懈的色彩和运动
——或形状，也许——而

大海正被包围并安静地
在它植物般的茎上摇荡着

给一个贫穷的老妇

在街上捧着
一纸袋李子
大口啃着
其中一只

它们对她来说很好吃
它们对她来说
很好吃。它们对她
来说很好吃

你可以从她
如何陶醉于手中
那吸吮了一半的李子
就可以看出来

感觉好多了
成熟李子的慰藉
似乎洋溢在空气中
它们对她来说很好吃

无产阶级肖像

穿上围裙头上没戴什么的
高大年轻女人

头发往后梳得亮滑站在
大街上

穿了长筒袜的脚尖踢着
人行道

鞋在她手上。她专注地
往里面看

然后拉出纸鞋垫找到了
那枚

一直弄痛她的钉子

来自柏辛纳克的强奸犯[1]

很体贴。当她镇定
下来时，他说，没事的，孩子，
我来照顾你。

她的处境真是一团糟。然后他补充说，
你现在永远不会忘记我。
并开车送她回家。

她说，只有病态的人
才会做那样的事。
一定是这样。

没病的人不可能
如此发疯似的残忍。他想把它
传给别人——

1　柏辛纳克，原文为“Passenack”，或是诗人虚构的一个地名。诗人在瑟尔沃尔的笔记中说：“这是我一位朋友（一名护士）所遭遇的强奸案的如实描述，那件事发生在她上完教堂后……面对这样的事，你可以做什么呢？我写诗。而这表现了我对护士的人道关怀。她们会走来告诉我一切事情。我以前很喜欢听她们倾诉。”

来为自己开脱。但如果我
因此而感染性病
我不会去治。

我拒绝。你会首先发现我死在
床上。为什么不？那是
她说话的方式，

我但愿能一枪把他打死。你怎么会
喜欢认识一个凶手？
我可能会这样做。

这个周末前我就会知道。
我不会尖叫。我咬了他
好几次

但对我来说他的力气太大了。
我还没弄明白。我不会
那么轻易晕倒。

当我醒过来并意识到
发生了什么事，我能做的
只是诅咒

并用尽我所能想到的恶毒字眼
去骂他。我很高兴
被送回家。

我想这是我的想法——害怕
被感染。我宁可一百万次
因此而怀孕。

但事情的卑劣是没法
被治愈的。还有仇恨，对所有男人的仇恨
——以及恶心。

创世纪

在英格兰找一个有足够智慧
或足够品位的人，他们在那里叫什么，
或许是，一个贵族——虽然很少有足够的
让他得到一个带着孩子的
够贱的女人，然后够特殊地待她
让她有足够的勇气
离开那该死的地方，并乘船去纽约
而带着儿子她有足够的胆量
给自己找另一个丈夫，而他也有
足够的智慧去娶她
并带她去圣托马斯，那里有
足够的空间让新芽茁壮成长。

帆船

在海上争逐，陆地局部围封
以保护它们免受失控的海洋
过重的打击，海洋当有选择

便去折磨最大的船（最好的人懂得
如何抵挡它的拍打）并无情地将其击沉。
在雾中如飞蛾，在无云的日子

闪烁在微光中，而随着鼓胀的宽帆
它们滑向风中，尖锐的船头
翻腾着绿水，这时船员在其上蠕动

像蚂蚁，热切地整理装备，在转向时
松开或拉紧缆绳，尽量后仰，再次
兜满风，肩并肩，向着目标进发。

在一个备受保护的开阔水域，四周环绕着
或大或小的船只，以及随之而来的谄媚、
行动笨拙和匆匆往来者，它们显得年轻，稀有

如快乐的眼睛之光，优雅地生活
脑中一切都是无瑕的，自由的和
自然地被渴望着的。现在容纳它们的大海

郁郁不乐，轻拍着它们闪亮的边缘，像在怜悯
某些最轻微的缺陷，但完全失败。
今天没有比赛。然后风又来了。帆船

开动，争先恐后地起航，信号已设置，它们
出发了。现在海浪向它们袭来，但它们
造工太精良，尽管用了帆布，还是滑了过去。

胳膊和紧握的手试图抓住船头。
不顾一切扔出去阻挡的身体被砍到一边。
这一片大海，满是它们痛苦和绝望的面孔

直至比赛的恐怖开始动摇着心神，
整个海洋纠缠着水淋淋的身体
对外界全不在意，承受着它们无法承受的。沮丧，

疲累，孤单，拼死抵达等待被救起
它们大喊，失败，失败！它们的呼喊
在技术卓越的帆船掠过时还在浪涛中升起。

亚当和夏娃和城市
(1936)

沥青和铜的精细做工

现在它们在
无瑕的光线下
分别地一起休息

像装着筛过的
石头的那些麻袋
两两整齐地堆放

在平屋顶四周
准备午饭后
打开来铺展

八尺长的
铜条已被
纵向锤打

沿中线成直
角并躺着以备
屋顶镶边之用

一个还在咀嚼的人
拿起一根铜条
目光一直顺着它走

致一位前辈诗人[1]

可以去做
但不去

静止如花

已无火焰，
一朵花
耗尽了热——

可爱的花
　　低垂
在雨中

　　绝不！

素净地

比白天还白

1　威廉斯说写这首诗时，“艾米莉·狄金森（Emily Dickinson，1830—1886）是在他心中出现的诗人”。

永远等待

给雨摇晃

　　永远

集外诗
(1936—1939)

今日来临

南风
袭来——浪花
撕裂——树

翻倒在树上
低低刮过
海面长出翅膀

从昨天
带来今天
在阵阵暴雨中——

转暗了的存在
在十月草
的细节上

一下子被掩藏
在倾盆大雨中——
让雨嗒嗒的击打声

抵触风暴

缓慢的威严——

树叶

飘起

而非坠落

阳光

来了又去

朝着

天空中央

经典风景[1]

形状如一把
红砖椅的
发电站
90 英尺高

在它的座部
坐着两枝金属
烟囱——铝——
的轮廓

俯瞰着一片
并排着的
肮脏的棚屋——
其中一枝

涌出
黄褐色的烟
在灰色的天空下

1 这首诗以美国精确主义画家查尔斯·希勒（Charles Sheeler, 1883—1965）一幅描绘发电厂的画为蓝本写成。

另一枝今天

保持被动——

秋天

一群人站在
茂密的

叶丛下一座
打开的墓旁

庆祝
半挖半填

筑成的新路
在那里

一个老人
跪在地上

割了满篮
子的

乱草给
他的山羊

期限[1]

一张皱巴巴的
牛皮纸
大约是一个

人的长度和
看上去的体积
慢慢地

在大街上
随风翻动
又翻动

当一辆车
开下来
把它压在

地上。跟人
不一样它再次

1 原诗题“The Term”有其多义性，有解作一段时间或期限，亦有解作术语或用语。这里选择前者。

升起随风

翻动又翻动
就像
以前一样。

穷人

贫穷的无政府状态
让我高兴，那黄色的
在新的砖屋间缩了
进去的旧木屋

或嵌板上显示着
长满叶子的橡树枝的
铸铁阳台。这正好配合
孩子们的衣服

反映着需要的
每个阶段和习惯——
烟囱，屋顶，木头和
金属围栏，在一个

不设围栏的时代，几乎
什么也没有围住：那个
穿毛衣戴软黑帽的老人
在打扫人行道——

他自己的十尺范围——

在断断续续从他那里

拐角掠过并已

席卷整个城市的风中

墙垣之间

在医院

后翼

不会长出

什么的

地方躺着

煤渣

其中闪着

一绿瓶

的碎

片

有缺陷的记录

为填土砍开堤岸。
把从河里泵出的
泥沙倒进
古老的沼泽地

杀尽以前在那里的
一切——甚至
包括麝鼠。谁干的?
就是那家伙

他身穿蓝色衬衫
头戴青色无檐便帽。
把地填平
给他在上面盖一座房子

在上面盖一座
房子在上面盖一座房子在
上面盖一座房子
在上面盖一座房子在……

之中

在这丰盈之中
一只知更鸟
衔着食物飞翔
而一面旗

红白蓝
一动不动
挂着。从
病中复原

再次断绝
叶丛间的
念想及其
感染。在

纪念碑前
有一支铜管乐队
而在酷热的
大街上游行的

孩子们
热情地全力以赴
为纪念
我们的战争亡灵。

留下倾听
或到横街小巷
之间
用尽时间

看榆树
杜鹃
牡丹和
不变的月桂。

这几个

星期都是荒凉黑暗
当大自然的贫瘠
比得上人类的愚蠢。

岁月坠入黑夜
而心下坠
比夜还低

到一片被风刮过的旷野
没有日月星，只有一种
犹如思想的奇异之光

它转动着一团暗火——
在自己身上旋转直至它
在寒冷中照亮

一个人让他意识到自己
所不知道的，不是寂寞
本身——不是幽灵

但会被拥抱——空虚，
绝望——（它们
呜呜地鸣着汽笛）在

战争的闪光和轰隆声中；
在房子里的房间
寒冷超乎想象

我们所爱的人已离去，
空荡荡的床，沙发
潮湿，椅子不再使用——

把它藏在某个没有想过的
地方，让它生根
生长，无关乎

嫉妒的耳目——只为它自己。
这矿井他们来挖掘——全部。
这就是最愉快的音乐

的存根吗？看到钟停了的
诗歌的源头，说：
昨天滴答地运作得那么好的

钟已经停了么?

然后听到湖水飞溅的

声音——如今是石头。

我的英格兰祖母的临终遗言

在她旁边的小桌上
靠近恶臭的，凌乱的床
有几个脏盘子
和一杯牛奶——

满脸皱纹，几近失明
她躺着打鼾
醒来时语气中满是愤怒
喊着要食物，

给我吃点东西——
他们想我饿死——
我没事——我不要去
医院。不，不，不

给我吃点东西！
让我送你
去医院，我说
待你好了之后

就可做你喜欢的事了。
她笑了，是的
你先做你喜欢的事
我就可做我喜欢的事——

啊，啊，啊！她喊叫
当救护员把她
抬上担架——
这就是你所说的

让我舒服吗？
这时她的头脑仍然清醒——
啊，你认为自己很聪明
你们这些年轻人，

她说，但我会告诉你
你什么都不懂。
然后我们启程了。
途中

我们经过长长的
一列榆树。她透过
救护车的窗口看着它们
好一段时间，说：

外边那些模模糊糊的
东西究竟是什么？
树？嗯，它们让我
厌烦，然后把头转开。

集外诗
(1939—1944)

河韵

起皱的河
被雨鞭打着
顺其自然地流动

就是现在那样
折磨着
水草的骨骼

而混浊的水
把堤岸
那沼泽的排水道

吃进了一大口
令河水翻涌急涨——
当它加速时。

游行终结

句子起伏不定
未能成歌——
它太老旧了，
其中的字词崩塌
碎裂。只有打击乐
一直持续
随着曾经充满
愉快气息的
有节奏的旋律
渐渐不受注重。

河韵 2

照耀奇迹般的
斑驳的河流
舞动被厄运
补上黑色的
火焰。我们将
永远看不到我们的
爱所预示的
永远不会是它
盛开的花。

选举日

日暖，无风
一个老人坐在

一所破房子
门口——

木板作窗
灰泥从

石块间掉下——
并轻抚着一只

斑点狗的头

饥荒的预言者

白天，黑河
河面起皱，迅速流动——

当失去光泽的城市
那叉状指环上的
天空的石头
正那么平滑，一动不动时：

一只海鸥低低地
逆流而飞，他的尖喙
锐利地翘着，他的眼睛
正为那供水提高警觉。

新泽西州帕塞伊克[1]

我想住在郁金香街
院子里种一棵无花果
我会用油纸破布把它包起来
以免冬天太难熬得过

郁金香街上的黑鬼和意大利佬
少有偏见，我则没有半分
无花果树在那里自由地生长
为了几乎任何人。

1 帕塞伊克（Passaic），位于美国新泽西州东北的一个城镇，距纽约曼哈顿 16 千米。

歌德式坦率

你居然以这样的方式来谈论他！
还有他十五岁大的小母亲！

你说，她从来都不是一个悲剧人物。
我为他们感到难过。他们令人怜悯。

我同情他们。我想知道那些雕塑家
是否真的观察过一个怀里抱着

婴儿的女人。哦看看这个！我很
高兴他让他成为犹太人！看看她的

脸！这就是他在这里和我们一起时的
样子，只是一个小小的犹太婴儿！

楔子

(1944)

算是一首歌

让蛇在他的杂草下
等待
让写作
以词组成，或慢或快，敏锐
出击，安静等待，
不眠不休。

——通过隐喻来调和
人与石头。
撰写。（没有想法
唯在事物中）创造！
虎耳草是我的花，能裂开
岩石。

舞蹈

在勃鲁盖尔[1]的伟大画作《狂欢节》[2]里，
舞者转来转去，他们到处转来
又转去，风笛，喇叭，小提琴的
吱吱嘎嘎嘟嘟嘟嘟咿咿呀呀声
轻击着他们的肚皮（圆得像厚壁
玻璃杯，里面的饮料尽被他们没收）
他们的屁股他们的肚皮扭得
失去了平衡。在露天集市里到处
踢腿打滚，摇摆屁股，那些
小腿必然很强壮，才能在如此
狂欢的节拍中支撑下去，不断腾跃
在勃鲁盖尔的伟大画作《狂欢节》里。

1　彼得·勃鲁盖尔（Pieter Brueghel the Elder，约 1525—1569），佛兰德斯画家，以风景画及农民主题画作而闻名。

2　《狂欢节》，画作题为“The Kermess”，源自佛兰德斯的一个定期举行的露天集市或露天狂欢节，跟中国的庙会有若干相似的地方。

焚烧圣诞绿

它们的时间过了，被拉倒
裂开，给扔进火里
——大吼一声烧上去

一切识别都消失了，在火焰中
烧得干干净净，绿
消散，一种活生生的红，
焰红，红如鲜血
在灰烬中苏醒——

然后衰竭成稳定的燃烧
重新燃起的底座化为
火焰的风景

在冬天的午夜
我们到过树林里，找粗糙的
冬青，香脂和
铁杉，为了它们的绿

在黑夜最深处

气温跌到最低那一刻
我们带回从绿树
砍下的枝干

来满足我们的需要
而在门口，挨近锡箔
覆盖并用红丝带
系紧的纸圣诞钟

我们把这些绿叉子
固定在挂着花环的窗上
把鲜活的绿
置于照片上方。在

壁炉上我们建造了一片
绿树林，而在那些铁杉
细枝间则放上一群小
白鹿，好像它们

在那里行走。这一切！
在我们看来是多么温柔
和美好。它们的时间过了，
解脱了！房间空荡荡的。我们

把它们塞进已经熄了火的炉架里
底下是半熄的圆木
闷烧着的眼睛，红通通的
张开然后闭上

我们站在那里往下看。
绿是一种慰藉
一个安详的承诺，一座
抵御寒冷的堡垒（尽管我们

没这么说）一种
在雪的硬壳上的
挑战。绿（我们或许
说过），当小鸟

在其中躲闪
并升起悲凉的
呐喊，会为它们阻挡
并击落

风暴中那些瞎了的
子弹。绿色的云杉枝
被雪沉沉压着
——面目一新！

暴力一跃而出。
胆小鬼！它对着生命咆哮
当火焰升穿而
我们的目光因此退缩。

在锯齿状的火焰中，由绿
转红，迫切而活跃。绿！
那些可靠的基座……消失了！
记不清了

并很快在收缩的
炉架烟道中
出现一个世界！黑色的
山脉，黑和红——还未

着色——和灰白，
一个闪烁着灰烬和火焰的
初生景观，我们，在
那一瞬间，迷失了，

屏着呼吸去见证，
仿佛在那场火的
闪耀的动物群中
焕然一新地站起来。

罗利是对的[1]

我们不能去乡下
因为乡下不会为我们带来
　　安宁
在矛状叶丛间的长草中
那些长在毛茸茸茎上的
小紫罗兰能告诉我们
　　什么？

虽然你赞美我们
让我们想起
唱出了我们可爱之处的诗人
那是很久以前了！
很久以前！当乡下人
会开垦播种
心灵开放和口袋

1　沃尔特·罗利爵士（Sir Walter Raleigh，1552—1618），曾以诗《山野姑娘答牧童》（*The Nymph's Reply to the Shepherd*）回应（也谐拟）克里斯托弗·马洛的诗《热情的牧童致心爱的姑娘》（*The Passionate Shepherd to his Love*）。在马洛的诗中，牧童对姑娘极言乡郊生活有如田园诗般美好，罗利爵士回应的诗，则写姑娘拒绝了牧童，认为他所许诺的自然景色和欢乐，都会随时间消失。威廉斯赞同罗利爵士，认为乡郊不能为现代社会的问题提供解脱之道，把乡郊生活浪漫化根本是没有用的。

宽裕——
如果这是真的。

现在不是了。爱本身是
扎根在焦干土地里的花。
口袋空虚令人心灵空虚。
如你可以就治好它，但

不要相信我们今天
能在乡下生活
因为乡下不会为我们带来
安宁。

集外诗
(1945—1948)

哀歌

基督教硬币——
铸有鸽子和剑——
没被战争浪费，
反而更加红火
它该被掷入海里
让鱼看见
当它跌落
穿过孩子们
紧握的手指——
让他们看见
并歌唱，加入可媲美
土地的合唱团
让珊瑚枝摇曳：
和平，海洋和平，
可怕的飓风死去，
冰在两极融化，
鲨鱼安息！
当它坠落，消失，在它的墓穴里。

东布谷[1]

那天真的火车头
吃力地爬上斜坡
冒出一缕缕烟
在飘落的雪上。

它的劳动合乎人性
相对那超乎常人的恐惧
则把所有人的心思
紧系于即将爆发的炸弹。

我们平和地争论
理论上的工资率，
建造大教堂，对
内战说长道短。

1　这首诗原题“East Coocoo”，写于1946年，一般被认为是威廉斯拟仿艾略特《四个四重奏》（*Four Quartets*）的第二首诗（写于1940年）“East Coker”（译作《东库克》或《东科克》）而创作出来的名称。East Coker是艾略特祖先在英国的家乡，艾略特死后骨灰亦埋葬于此。East Coocoo中的Coocoo，即是Cuckoo（布谷鸟），二十世纪四十年代美国芝加哥到底特律的火车，也被称为Cuckoo Train。

我们一如所有人
都会死，而那勇敢的
火车头依然继续毁弃
无人照管一千年。

云

(1948)

银行门前的女人[1]

银行是一列石柱的问题，
就像　。　传统，
不像创意；但山形墙
坐在阳光中

说服那些怀疑
投资“稳如磐石”者
——世界是由此
建立，金融的世界，

唯一的世界：就在那里，
一边和另一个女人聊天
一边来回摇着婴儿车的
是一个站着的女人

她穿一件粉色棉质连衣裙，
光着腿，没戴帽，双腿是
两条支撑着她脸孔的

1　这银行很可能是指卢瑟福的国家社区银行（National Community Bank）。

石柱，像列宁的（她理得

松散的头发金得过分）或
达尔文的，现在你了解得
差不多了：
一个在银行门前的女人。

当结构失败时
押韵尝试拯救

那老马死得很慢。
他血管的狂热
循序渐进的
比得上树叶

一天天的伸展。但
他心思保持的
步伐是他梦想的
步伐。他

尽其所能，浓痰
不减，
啊咳！但他肉体
保持的步伐——

靠着，靠着
那些栏杆——正消减着
他梦想至今为止的
所有步伐和依靠。

集外诗

(1949—1953)

托尔斯泰

那艺术是邪恶的（陈腐的
艺术，他可能会说）
在他看来一如象鼻虫
之于棉花头

陈腐的艺术，一如陈腐的鱼
发臭（我可能会说）
你老了，大师
把自己交给天堂吧

家麻雀[1]

寒酸的小鸟
我想这是
到处都有的
故事，若你属于

本土你便单调无趣。
唧唧！
那夜莺是
你的表亲，但

这些明目张胆的
恋情让你一无

所获。看在眼里
多么乏味，你

不受骚扰溜进其中

1　原诗题“Passer Domesticus”，是家麻雀的学名。

沙漠音乐
(1954)

下降[1]

下降在召唤

一如上升在召唤。

记忆是一种

成就，

一种更新

甚至

一种启蒙，因为它打开的空间是新的地方

给迄今还未出现的

新类别的

族群居住——

因为他们的行动

正朝向新的目标

（尽管以前它们被放弃了）。

没有失败是完全由失败构成——因为

它打开的世界总是一个

1 威廉斯在《诗人自选集》（*Poet's Choice*, ed. Paul Engle and Joseph Langland, New York, 1962）的一个简单附录里说："我以美国本土语写作，也已经运用我称之为'多变的音步'（variable foot）很多年。《下降》一诗是运用这手法并让我完全满意的第一首诗。"

以前

未知的地方。一个

消失的世界，

一个未知的世界，

向新的地方召唤

没有白（消失了）像白的记忆

一样白　　　。

爱情随着傍晚而醒来

尽管它因

阳光照射而

活起来的影子

现在变得困倦并从欲望中

消散　　　。

没有影子的爱情现在微微颤动

开始苏醒

当夜

渐深。

由绝望组成

一无成就的

下降

意识到一种新的觉醒：

它就是绝望

的逆转。

为了我们无法完成的，

被拒绝去爱的，

我们在期待中失去的——

下降紧随而来，

无穷无尽，坚不可摧。

给在街上受伤的狗

是我自己，

不是那可怜的动物躺在那里

痛得大叫

这让我重新恢复过来——

就像遇到一枚炸弹

爆炸，一枚让全世界

变成废墟的炸弹。

我对此无能为力

只能为它写诗

这样我的痛苦

便减轻了。

一股昏沉的麻木淹没了我的知觉

就像喝下了

毒汁[1]。我想起

勒内·夏尔[2]

的诗

以及他必然见过

1　这句是济慈（John Keats）《夜莺颂》（“Ode to a Nightingale”）一诗开首两行的回响。

2　勒内·夏尔（René Char，1907—1988），法国诗人和法国抵抗运动成员。

并忍受过的一切
那让他
只说莎草满布的
河流，
河水浇灌其根的
水仙花和郁金香，
甚至来到自由流淌的河流
它洗涤那些
芬芳花朵的细根
而花正布满整个
银
河　　　。

我记得诺玛
我童年时的英国塞特犬
记得她柔滑的耳
和极富表情的眼睛。
一晚她在我们的储物室
生下一窝
小狗，我踢了
其中一只
因为恐防
它们
会咬伤她的乳房

害死她。

我也记得
一只死兔
无害地躺在
一个猎人
摊开的掌上。
当我站在
一旁观看
他拿出一把猎刀
笑着把它
插入
那动物的私处。
我几乎昏厥。

为什么我现在想起这些?
一条垂死的狗的叫声
我要尽我所能
忘掉。
勒内·夏尔
你是一个相信
美的力量
纠正一切错误的诗人。
我也相信。

凭着创造和勇气
我们将超越那些
可怜的不能发声的动物，
让所有人都相信它，
如你也曾教过我
相信它。

黄花

我要说什么，因为我必须说？
我为病人找到了
治疗方法？
我没有为病人找到
治疗方法
但这朵只会
看着所有人的
歪扭的花
被治愈了。就是
那朵花
所有人都为它
偷偷地唱起
赞美诗。这就是
那朵神圣的
花！
可以这样吗？
一朵花这么歪扭
和朦胧？它是
一朵芥花
又不是芥花，

单一花簇

在那长着肉质叶子的
变了形的茎上
在这极寒天气下的
温室里。

一朵难看的
不自然的花，
在这气候下；会是
什么原因
它把我挑出来
抱着我，张开嘴，
在寒冷中植根于
这窗前，
而我的意志
从我身上抽干
让我眼里只有
这些黄色的，
扭曲的花瓣　　。　　？

这个虽然
对我来说很陌生，
但该是很常见的景象
十分清楚：这样的花

有这样的叶子

在某些气候下土生土长

它们便可宣称

是属于它们自己的了。

但为什么要通过

花来表现折磨

和解脱？这

犹如米开朗琪罗[1]

凭此构思了

《奴隶》的主题

——或许已经这样做了。

而他没有让

大理石开花吗？我

很忧伤

一如他在情绪高涨时

也忧伤。

不过我

还有让我

观看的眼睛，而如果

它们为我自己

1 米开朗琪罗（Michelangelo，1475—1564），意大利文艺复兴时期著名雕塑家、画家，曾创造一系列以“奴隶”为名的大理石雕塑作品。

及我所爱的一切
看到了毁灭，它们
也会
通过眼睛
通过唇舌
看到解放我自己
的力量
并谈论它，犹如
米开朗琪罗通过他的手
有相同的，或许更大
的力量。

剩下的，要说明的是，
奴隶们自己
受尽
折磨的身体
和
我的花那受尽折磨的身体
那根本不是芥花
而是些无法识别的
超凡脱俗的花
让我归化
适应
并为自己选择了它。

艺术家

T 先生[1]

没戴帽

穿着脏汗衫

头发竖向

四面八方

踮起脚尖站立

脚跟靠拢

双臂

暂时优雅地

弯在头顶上。

然后他来回急转

弹跳到

半空中

并以一个完美的

交叉跳[2]

1　T 先生，指哈里·泰勒（Harry Taylor），曾是职业舞蹈员，后与其妻在卢瑟福经营一家护理院，威廉斯母亲便是该院住客。据威廉斯描述，T 先生嗜酒，有时在酒精影响下会情不自禁地做出一些以前的跳舞动作，这次便做了一个交叉跳，被威廉斯母亲目睹过程，大加赞赏。

2　交叉跳（entrechat），或击足跳，跃起两足腾空交叉数次，是芭蕾舞动作之一。

完成这舞步。

我的母亲

大吃一惊

她坐在

轮椅上

哑口无言。

太棒了！她终于喊了出来

并拍了拍手。

男人的妻子

从厨房走出来：

发生了什么事？她说。

但演出已结束了。

爱的旅程

(1955)

一个黑人妇女

拿着一束用旧报纸
包裹着的
金盏花：
她把花挺直捧着
没戴帽，
两腿的
赘肉
导致她
蹒跚而行
途中经过
商店橱窗时
她望向里面。
她不就是
一位来自
另一世界的大使么
美丽的金盏花世界
两种色调
当中她宣布
她不知道做什么
除了

走在大街上

把花挺直举起

像火炬

在那么一大清早。

给一个早逝的人

——不是说我们都不会
“突然死亡”
而是我正鞠躬向着的
你给我的那个眼神
来得更直接。
它警觉敏锐，
怀疑我——
一如所有生者——并
感到愧疚。
你的下巴
残留
憔悴的胡茬，
一把脏胡子，
就像
你的长腿
带领你
穿过的雪。
去哪里？你要去哪里？
这将是远行的
好日子。

比如去佛罗里达

如今所有人

在这个季节

都会去的地方。

那里长着木槿，

星茉莉

比我能说的更多

而气味

据我所知

必然很诱人。

跟我一起去吧！

你看起来像个好人

今晚来吧。

飞机 6:30 起飞

还是你有另一个

约会？

粉红刺槐花

我像粉红刺槐花一样执着，
一旦进入了
花园，
你便不能轻易除掉。
把它从地里拔走，
只要有一条发般幼的根
残存
它又会长出来。
想到
自己也是如此让我
高兴。也觉得
可笑。
一种朴素的花，
像粉红色的香豌豆，
你禁不住
赞美
直至它的习性
为人所知。
我们大多数人
不就是那样吗？如果

公众

巨细无遗地窥探

我们的私隐。

这便太过分了

不是

我们有什么要隐藏

而是他们

受得了吗？当然

世界会满足于

发现

我们把自己弄得多么愚蠢。

问题是，

他们会不会

对我们慷慨——

像我们对

其他人一样？它

如我所说，

是一种花

遭到攻击时

会难以置信地有韧性！

不理它

它便会长成一棵树。

我希望我能这样想到自己

以及我会

变成的样子。

诗人自己，

面对他的世界

会对自己有什么想法呢？

这样说是不行的，

如他倾向于这样说：

没有多想。诗

会在其中遭受背叛。

他不妨回答——

“一朵玫瑰就是一朵玫瑰

就是一朵玫瑰”[1]，就这样。

一朵玫瑰就是一朵玫瑰

诗如果写得好

也就等同它。

诗人

没有轻视他的诗

就不能轻视

自己——

那将是

荒谬的。

生活不能

1　这句原文“a rose is a rose is a rose”出自美国作家、诗人、剧作家格特鲁德·斯泰因（Gertrude Stein，1874—1946）在《神圣的艾米莉》（“Sacred Emily”）一诗的名句：“Rose is a rose is a rose is a rose.”

提供更大的回报。

所以，

就像这花，

我坚持——

为了里面可能有的什么。

我知道，

在诗人的星系中

我不是

一朵玫瑰

但在其余者之中，有谁

会否定

我的位置。

水仙，那绿色的花（节选）

第一册

水仙，那绿色的花，
像毛茛
在它的分枝上——
除了它是绿色和显得呆滞——
我来了，亲爱的，
为你歌唱。
我们一起生活了许久
一种充满花的生活，
如你愿意。
因此当我
第一个知道
地狱
也有花时
我很高兴。
今天
我脑子里满是那些我们都喜欢的花的
褪色的记忆，
即使是这可怜的

欠色彩的东西——
小时候
我见过它——
在生者之中颇受珍视，
但死者看到，
会彼此相问：
当我们的眼睛
充满泪水
我记得什么
被塑造成形
一如此物的样子？
关于爱，持久的爱，
它会这样诉说
虽然那一层绯红
太淡了，
无法让它完全可信。
有些要紧
要紧的事情
要对你说
只单独对你说，
但要稍等
当我因你的来临
而欣然举杯，
也许是最后一次。

所以
心怀恐惧，
我把它硬拖出来，
不断说
因我不敢停下。
当我争分夺秒地说
同时也在聆听。
这不会持续
很长时间。
我忘记了
但我足够清楚地看到
天空中心
一些东西
绕着它四处漫游。
一股气味
从中散发！
最迷人的气味！
金银花！现在
传来蜜蜂的嗡嗡声！
还有一大堆
相似的回忆！
只要给我时间，
在我要说出来之前
召回它们。

给我时间，

时间。

在我小时候

我保存了一本书，

不时地为它

添上

压平的花，

直至一段时间后，

我收集了许多。

水仙，

有预感地，

在其中。

再被唤醒了，

我带给你

那些花的记忆。

它们很芳香

当我压平它们

并很长时间

保留它们芳香中的

某些什么。

这是一种不寻常的气味，

一种道德的气味，

使我

靠近你。

颜色

是最先消失的。

我已迎来

一个挑战，

你亲爱的自我，

像我终有一死，

是百合的喉咙

对着那蜂鸟！

我想，那无尽的

财富

向我伸出了手臂。

一千个热带

在苹果花中。

慷慨的地球自身

自愿给了我们。

整个世界

都成了我的花园！

但是无人

照料的大海

也是一座花园

当阳光照射它

波浪

被唤醒的时候。

我已经看过了

你也一样

当它让所有花朵

都相形见绌时。

还有被太阳

晒僵的海星

和其他海藻

及杂草。我们知道的

还有它的其余一切

因为我们在海边出生，

知道它的玫瑰

逃躲到海的最边缘。

那里长着粉红色的锦葵

以及时令的

草莓

后来，

我们还到那里采

野梅。

我不能说

我为了你的爱

而下了地狱

但经常

发现自己在那里

在你的追寻中。

我不喜欢它

并希望在

天堂里。且听我说完。

不要转身。

在我一生中，我已从书本里

学到了很多

而其中

与爱相关。

死亡

不是它的终结。

那里有一种等级制度

我认为，

可以通过它的运作

来实现。

它的奖赏

是一朵仙女花；

一只有二十条命的猫。

如果没有人来尝试它

世界

将是失败者。

你和我

一直都是

守望着风暴

越过海水而来的人。

我们

年复年

手牵手站在我们的

生活奇观前。

风暴展开了。

闪电

在云层的边缘玩耍。

向北的天空

风平浪静，

当风暴酝酿

余晖呈蓝色。

这是一朵花，

很快就会

开到灿烂顶峰。

我们跳舞，

在脑海里，

并一起读一本书。

你记得？

这是一本严肃的书。

所以书

进入了我们的生命。

大海！大海！

每当我

想到大海时，

脑中总会浮现

《伊利亚特》[1]
和海伦催生它的
公开责任。
如果不是这样
就不会有诗
只有世界
如果我们记得
那些绯红色的花瓣
洒在石头之间，
会称之为简单的
谋杀。
那时盛开的
将那么多不感兴趣的男人
送到坟墓里去的
性感的兰花
把它的记忆留给了
一群傻瓜
或英雄
如果沉默是一种美德。
只有

1 《伊利亚特》（*Iliad*），古希腊描写特洛伊战争的英雄史诗，相传为荷马所作。特洛伊战争由海伦引起，希腊神话中海伦为宙斯女儿，16岁时便嫁给斯巴达王，后来特洛伊王子把她拐走带回特洛伊，斯巴达王大怒，出动一千艘战舰出征，因而引起著名的特洛伊战争。

多姿多彩的大海

还抱着一丝希望。

风暴

已被证明夭折了

但随着它

唤起的想法重新巩固了

我们的生活

我们留了下来。

是思想

思想

必须在没有死亡

干预的情况下

被治愈，

而意志再一次变成了

花园。这诗

很复杂，是我们

为这诗而作出的

生命寄寓。

沉默也可以很复杂，

但沉默不会让你

走得太远。

重新开始。

它就像荷马的

船舶目录：

它填满了时间。

我用图像说话，

还不错，你穿的

衣服也是图像，

否则我们

无法见面。当我说

花

就是要回想一下

曾几何时

我们还年轻。

所有女人都不是海伦，

我知道，

但她们心中有海伦。

亲爱的，

你也有，所以

我爱你

否则无法爱你。

想象一下你看到

一个全由女人组成的国度

全银白色。

除了爱她们

你还能做什么？

风暴暴发

或消逝！这不是

世界末日。

爱是别的东西，

或者我是这么想的，

是一个不断扩大的花园，

虽然我把你视为一个女人而认识

从没想过别的，

直到整片海

以及它所有的花园

已被占用。

这是爱的爱，

吞噬其余一切的爱，

感恩的爱，

对大自然，对人，

对动物的爱，

一种产生

温柔和善良的爱

这让我感动，

让我在你身上看到了。

我早该知道，

虽然我没有，

铃兰是一种

让很多人一闻就会

不适的花。

我们有孩子，

他们平日互相攻击。

我把他们放在一边，

尽管我关心他们

像任何人会

关心自己的孩子一样

这是我的想法。

你明白

我必须在事情结束后

见到你，

但仍然未见到你。

爱

你也将和我一起

向它鞠躬——

一朵花

最弱的花

将是我们的信任

不是因为

我们虚弱得

不能做别的事情

而是因为

在我最有力量的时候

我为必须要做的事情冒了险，

以证明我们

彼此相爱

那时我的骨头出汗
　　让我不能在行动中
　　　　对你呼喊。
水仙，那绿色的花，
　　亲爱的，我来了，
　　　　为你歌唱！
我的心激荡
　　想着为你带来
　　　　一些消息
与你有关
　　也与许多人有关。看看
　　　　有什么被误以为新的。
你不会在那里找到它
　　除了在被蔑视的诗中。
　　　　很难
从诗中得到消息
　　但人们每天都因
　　　　在那里找不到什么
而可怜地死去。
　　且听我说完
　　　　因为我也很担心
况且还有

每一个想在自己床上安静地死去

的人。

终曲

离不开火

它的光

比它优先。

然后紧随的

是我们害怕的东西——

但它永远无法

克服之前已经离去的东西。

在闪电

与雷霆之间的

巨大空隙中

春天已经来到，

或下着厚厚的雪。

称之为老年吧。

在那段时间里，

我们活着看到

一匹小雄马踢他的脚后跟。

不要急于

在永恒中

笑闹玩乐

热不会超越光。

那是肯定的。

那会阉割炸弹，

允许

思想去克制它。

正是这个空隙，

最甜蜜的空隙，

爱情将会开花

来得或早，或晚

并把自己献给所爱。

只有想象才是真的！

我已经宣布

时间没有尽头。

如果一个人死了

这是因为死亡

首先控制了

他的想象。

但如果他拒绝死亡——

没有更大的灾难

会降临到他身上

除非是爱的死亡

全速地

奔向他。

那么
对他来说
那光确实熄灭了。
但爱和想象
是一体的，
像光一样迅捷
以避免毁灭。
所以我们来观看时间的飞行
就像我们观看
夏天的闪电
或萤火虫，
靠着想象的恩典，
在它的照顾下感到安心。
因为如果
那光自身
已经逃逸，
抗衡它的整座精神大厦
就会倾塌。
光，想象
和爱，
在我们这个时代，
按照我们崇拜的
自然法则，
会完全一致地

维持

它们的支配地位。

所以让我们去爱

充满信心，就像光明

跟黑暗斗争时一样

关于黑暗同样有很多话要说

在其中一面

还有更多

那不是许多人

例如

约翰·多恩[1]

向我们展示的

更黑暗的一面。

在涉及

更年轻的

和更年长的托尔斯泰、

维庸、圣安东尼[2]、孔子、

兰波、佛陀

和林肯的争议中

手掌总是

---

1 约翰·多恩（John Donne，1572—1631），英国詹姆斯一世时期的玄学派诗人，作品包括十四行诗、爱情诗、宗教诗、拉丁译本、隽语、挽歌、歌词等。

2 圣安东尼（St. Anthony the Great，约 251—356），或称“埃及的圣安东尼”“大圣安东尼”，罗马帝国时期的埃及教父，也是基督徒隐修生活的先驱。

向着光明；
　　　　　　谁最能促进光明——
　　　　　　　　　　就随你怎样称呼它吧！
光
　　　　　　永远都会
　　　　　　　　　　比雷声快。
中世纪的盛况
　　　　　　是人性的，我们也喜欢
　　　　　　　　　　它的传闻
就像在我们的世界里我们喜欢
　　　　　　阅读乔叟[1]，
　　　　　　　　　　以至
牧师的
　　　　　　（或野蛮酋长的）衣饰。
　　　　　　　　　　这一切
都是对光明的庆贺。
　　　　　　所有婚礼的盛况
　　　　　　　　　　和仪式，
“可爱的泰晤士河，温柔地流淌
　　　　　　直至我唱完了

1　杰弗里·乔叟（Geoffrey Chaucer，1343—1400），被誉为英国中世纪最杰出的诗人。

我的歌，”[1]——

是同等的。

我们的婚礼也是，

光被唤醒了，

闪耀着。光！

光站在我们面前

等待！

我以为世界

静止了。

在祭坛上

我在起誓前

是如此专注，

如此被你的出现感动

一个脸色如此苍白

随时会昏厥的女孩

我怜悯你

并希望可以保护你。

一如现在我想到它那样，

在过了一生后，

它犹如一朵

芬芳的花

1　这句原文为“Sweet Thames, run softly / till I end / my song”，出自埃德蒙·斯宾塞（Edmund Spenser, 1552—1599）的《婚前祝歌》（“Prothalamion”）一诗。艾略特的长诗《荒原》亦有引用这句。

静止不动

并确实为我绽开了。

水仙

没有气味

除了想象中的

但它也

庆祝光明。

它来晚了

但一种如同

来自我们婚礼的气味

已为我苏醒

并再次开始渗进

我的世界

的所有缝隙。

集外诗
(1955—1962)

萨福[1]

那个男人与众神同等，他
面对面坐着聆听
你的甜言蜜语和可爱的
　　　　笑声。

正是这一点惹得我
心中一阵骚动。只看你一眼
我的声音颤抖，我的舌头
　　　　打结。

顿时，一股柔和的火走遍
我的四肢；我的眼睛
瞎了，我的耳朵
　　　　雷鸣。

汗水直流：一阵颤抖把我
捕获。我变得
比草还要苍白，差点就要
　　　　死掉。

1　萨福（Sappho），公元前六世纪左右的希腊女诗人。这是威廉斯 73 岁时对萨福的《嫉妒之诗》(“Poem of Jealousy”) 的翻译。萨福是女同性恋者，此诗写她对一个女子的爱慕之情。

对晚年的问候

向前一步，该就位了：
您好！
我向您致敬，还有您半盲的

姐姐，我知道她
这跟您神秘的微笑密切相关。

我看见你从街对面
走过来
欢迎我，让我感觉到我的年龄

比我们愿意承认的还要老
或者你应该承认
当中的诡辩术。

暴风雨[1]

什么名字
可以让
一头

睡着的小狗
更好地爆发
除了这样跳

起来
暴风雨！
暴风雨！暴风雨！

1 “暴风雨”（Stormy）是威廉斯家里一条喜乐蒂牧羊犬的名字。

勃鲁盖尔的画作
(1962)

练习

也许是他的妻子
这辆车是公务车
我以为

它属于
一个小警官
但她的打扮

在一天的
这个时分
远非公务装束

歌

美是一枚贝壳
来自大海
那里她成功统治
直至让爱情得逞

扇贝和
狮爪
被雕刻着
紧按退浪的调子

无休止的重音
不断重复，直至
耳朵和眼睛一起
躺下，在同一张床上

北极熊

他的皮毛像雪
厚厚的雪
雄性的雪
它无声地攻击

和杀戮，当它落下
裹着世界
去睡，而那
被打破了的宁静又回来

跟我们一起躺下
它的手臂杀气腾腾
搂着我们的脖子
好一会儿

泽西抒情诗[1]

冬林风景
在一棵
树前的

近景中
初
落的

雪旁
躺着六块木头
为生火准备

1　这首诗是回应美国画家亨利·尼斯（Henry Niese, 1924—2016）在1960年的同题画作而写成。

韵律图形

在垃圾车
后面
得捏住你的鼻子

以适当的手势
微笑
当复杂的

城市正通往
忏悔室
或精神科诊察台或诊室

闲话

人行道堵住了
我们不得不绕过
三个刚从理发店出来
头发精心梳理过
身上香喷喷的老人
一幅杜米埃[1]的漫画
反映时代正以一种
外国口音来讨论
来自俄罗斯的有关
月球背面景观的
消息其中一个
还窝掌耳侧以防
错过任何一个
音节

1　奥诺雷-维克多林·杜米埃（Honoré-Victorin Daumier，1808—1879），法国画家、雕塑家、漫画家。

诗

收到一张延误了
许久的明信片
来自一个我喜爱的诗人[1]
但

在涉及
现代诗艺方面
我跟他的看法
截然不同

我很感动
听到
他的消息即使
他至今还没有

承认这一点
也没有
真正意识到它

1　指 E.E. 卡明斯（E.E. Cummings，1894—1962）。

不要紧

他的风格
有其他突出的
优点
这让我高兴

寻找作者的十四行诗

像剥了皮的原木那样的裸体
有时会散发出最芳香的
气味，男人和女人

在完全过盛的树下
配合着那一层
松树飘落的香气
穿插尾随的忍冬
一首十四行诗或由此诞生

或由此诞生！过盛的气味
松针的气味，剥了皮的
原木的气味，除了尾随的
无味的忍冬之外的，无味

之味，裸体女人的气味
有时，男人的气味。

乌龟

（给我的孙儿）

不是因为他的眼睛，

像鸟的眼睛，

而是因为他有喙，

鸟似的，能造成伤害，

乌龟这才吸引到你。

他是你唯一的宠物。

我们在一起时

你不说其他什么

只把各种凶残

动机都推到

他最小的动作上。

你请求我

写一首诗，

我应该有诗可写吗，

关于一只乌龟。

乌龟住在泥巴里

但不像泥巴，

你可从他的眼睛看出来

它们是清澈的。
当他要逃出
他目前的监禁时
他将在世界上大步前进
用他的尖喙
摧毁一切。
在城市的大街上
任何对抗他的
都将会倒下。
汽车将被翻倒。
而在他的背上
策骑着的，
奔向他的领地的，
正是我的主人，
你！

你要当主人！
从前有一只
维护世界的
大乌龟。
靠着他
一切最后
安然无恙。
没有他

什么也站不住脚。

他很聪明

可以跑得比兔子还快。

在晚上

他的眼睛把他带到

未知的地方。

他是你的朋友。

致我的友人庞德[1]

或许他是犹太人

或威尔士人

我希望他们真的给你诺贝尔奖

这是你应得的待遇

——永远

以你这样的名声

假如我是一条狗

我会坐在冰冷的人行道上

在雨中

等待一个朋友（你也会吧）

假如这让我高兴

哪怕是一月，或祖科夫斯基[2]

你的英文

1　埃兹拉·庞德（Ezra Pound，1885—1972），美国著名诗人。威廉斯曾这样形容庞德："对于庞德，我是充满信心的……有时，他的自命不凡会令人十分讨厌。当他失去理智时，就像任何平庸、低劣的诗人一样；但当他写得好时，他就变得天下无敌。我极其喜欢他。"而这首诗，是威廉斯在"讨厌他的其中一段时期"写成的。

2　路易斯·祖科夫斯基（Louis Zukofsky，1904—1978），美国诗人，客体主义诗人群体的创始人之一和主要理论家。

不够独特

作为一个写诗的人

你让自己显得无能，且不说

放高利贷了

踵趾步到最后

加加林[1]欣喜若狂地说，
他本可以
永远继续下去

他漂浮
饮食，唱歌
当他

在离开地球表面
一百零八分钟后
露面时，他微笑着

然后他回来了
在我们其他人之中
拿到他的位置

1　尤里·阿列克谢耶维奇·加加林（Yuri Alekseyevich Gagarin，1934—1968），苏联宇航员，人类进入太空的第一人。这首诗是威廉斯看到 1961 年 4 月 14 日的《纽约时报》关于加加林的报道后写成的。文章的标题是“我本可以永远继续下去——加加林欣喜若狂地说，他漂浮，饮食，唱歌”（“I Could Have Gone On Forever: Gagarin, in Ecstasy, Says He Floated, Ate and Sang.”）。

从所有除法和减法中

他感觉到一种节拍

趾和踵[1]

踵和趾，仿佛

他一直都

在跳舞

1　踵趾步（heel and toe），脚跟与脚尖做出交替动作的舞步。

译后记

植根于本土，唯在事物中

曾有好几年当过香港公共图书馆主办的诗作坊的导师，每次，都选用威廉斯的诗歌作教材；其中，用得最多的是《红色手推车》(“The Red Wheelbarrow”)：

那么多事物
取决于

一辆红色
手推车

给雨水
擦亮

在白色的
鸡旁

这首诗的优势是短小精悍，意象异常鲜明：手推车的红，映照鸡的白，加上雨水的润泽，透现一幅清新的雨后小景；而且全诗用字平易，不讲大道理，仿佛是随意截取生活的平凡一角，却又做到耐人寻味，不愧是意象主义佳作。

另一首常用的诗是《便条》（“This Is Just To Say”）：

我吃了
李子
那些在
冰箱里的

那可能
是你
留作
早点的

原谅我
它们是那么可口
那么甜
那么冰凉

这一首好像更随意了：原来，像这样日常琐事般的题材也可入诗！而且，这种散文化倾向的诗，很多人都有所怀疑：这究竟是不是诗？我在诗作坊上，就曾把它改成一整段（不作分行）向同学展示，果然，大部分同学都认为它不是诗。然而，一经断句，分行，随语气节奏逐步揭露“不问自取”偷吃李子的原因，到最后聚焦于连续三句感官经验的强调，我们就不得不共同沉醉于这种仿佛浑然忘我的“分享”上了（叙述者即使没有请求“原谅”，我们也会原谅他吧），也不得不拜服于诗在分行和节奏上施展的“魔法”。

日常，生活化，文字简朴，口语化，对题材没有什么禁忌，甚至有点“反诗”的倾向，是我当时对威廉斯的初步看法。现在，因为译诗的关系，我从头细读他的诗，对其了解较之前深，也开始明白他在艾略特和新批评当道并主宰着世界诗坛的日子，是怎样坚持自己的本土化道路走过来，从而影响了二十世纪下半叶美国新一代诗歌的发展。

2

威廉斯写诗之初，受过济慈和惠特曼影响。济慈是传统格律诗的格局，惠特曼写的则是热情奔放、不受拘束的自由诗。威廉斯在宾州大学学医时认识庞德，就开始靠近庞德，并通过他认识了许多诗人和艺术家，包括希尔达·杜利特尔（Hilda Doolittle）、查尔斯·德穆斯等。不久，威廉斯便与庞德、杜利特尔一起成为意象主义（Imagism）运动的核心。意象主义一反当时严守格律，渐渐流于内容堆砌、空洞无物和语多陈词滥句的传统诗歌风格，强调一种明快、简净、实用的现代写诗方式。威廉斯得庞德之助而出版的第二本诗集《脾气》（*The Tempers*），便已改由意象主义主导。然而，威廉斯虽然受惠于庞德的“要创新”（make it new）的诗歌主张，并且全力执行，在形式上多所试验，但写诗的实践，也让他渐渐体会到诗歌最重要的动力来源和感情联系，是跟所处的土地和共同生活的人息息相关。因此，威廉斯很快就从纯粹的意象主义走出来，由第三本诗集《致需要者》（*Al Que Quiere!*）开始，就通过所遇所见，更多地关心美国本土以及普通人的生活，而语言也时见美国口语化和率性放任的趋向，难怪庞德在赞赏这本诗集之余，也指出它的“粗糙”（roughness）。

这本诗集里写给他祖母的诗《致一片土地的献词》（“Dedication for a Plot of Ground”），通过一段苦难的家族移民史，以及跟土地同呼吸、共命运的奋斗经历，最能代表威廉斯对美国本土的感情：

面向这个港湾水域的
这片土地
是献给曾经在这里生活过的
艾米莉·狄金森·惠康

她在英国出生；已婚；
丧夫，带着
五岁的儿子
乘双桅船前往纽约；
被赶到亚速尔群岛；
在火岛浅滩上漂流，
在布鲁克林一家旅馆里
邂逅第二任丈夫
跟他去了波多黎各
多生下三个孩子，又失去
第二任丈夫，在
圣托马斯，波多黎各，
圣多明各过了艰苦的八年，
随长子去了纽约，
失去女儿，失去她的“宝贝”，
得到长子第二段婚姻生下的
两个孩子
养育他们——他们当时
无母——为他们
对付另一个祖母
和那些姨母，一个又一个夏天
把他们带到这里，在这里
好好保护自己以抵抗小偷，
风暴，太阳，火，
抵抗苍蝇，抵抗前来东嗅西嗅的

女孩，抵抗
干旱，抵抗野草，风暴潮，
邻居，偷鸡的黄鼠狼，
抵抗自己双手的衰弱，
抵抗孩子日益增长的
气力，抵抗风，抵抗
石头，抵抗侵入者，
抵抗租金，抵抗自己的想法。

她用自己的双手翻遍这土地，
完全支配这草坪，
辱骂长子去逼他
买下它，在这里住了十五年，
得到最后的寂寞，还有——

如果你除了自己的尸体
什么也不能带给这地方，请离开。

最后一节，情辞恳切，令人动容。这种倾向散文式的叙事和连绵排比的写法，显然跟简练节制的意象主义分道扬镳。但威廉斯并非完全弃绝意象主义，他其后的诗歌也在很大程度上建基于他在意象方面的探索和变奏，他只不过是不甘局限于此，也看到背后人与土地以及由此而来的生活化、本土化的语言的重要性。

3

其实，威廉斯对诗歌进行的实验，无论在内容上、形式上，一直都没有停止过。1920年，威廉斯出版了《地狱里的科拉：即兴创作》(*Kora in Hell: Improvisations*)。这本散文诗集是他花了一整年时间，每晚毫不间断地把脑中所想全记在笔记本上，到最后几乎不作修改、只用删汰方式整理而成。其中每则，随后又添上若干“诠释”文字（原文以斜体显示，本书译文里则以楷体显示），但这些文字其实也没有怎样诠释，有时甚至比原来的写得更加飘忽难解。综观全书，可以说是把哲理、规劝、梦想、执念等共冶一炉，时而直白，时而晦涩，既有动人美文，亦有骇俗篇章，其中思维跳接，经常不按常理出牌，这或许正是“即兴创作”的根本魅力所在，而与之息息相关的，正是威廉斯在书中戏言要向小儿子学习的想象力：

> 我的小儿子的即兴创作超过了我：一块圆石对他来说是一条面包，或“这只母鸡可以下一打金蛋”。鸟儿在他的床架上飞来飞去；巨人张开血盆大口俯身压在他身上；夏天在农场里游荡的熊，一念之间就被宰杀和肢解了。在吃饭期间有无穷无尽的故事，充满奇异的意象，真正的荒诞，

在讲述中猪会变成狗，母牛会唱歌，公鸡会化为山脉，海洋会注满汤盘。那里有呻吟和咆哮，乌云和阳光混合在一个巨大的幻影中，它从不休息，从不停止展现——一天中可怜的小事情。这还不止于此。他有我没有的音乐。他的调子没有音阶，没有节奏——只有一种奇怪的起伏不定、漫无边际的情绪，一遍又一遍地伴随着一种严谨的创造，这创造超越了人们所遵循的力量，除非是在一些更明显的飞跃中。在他第一次参观基督教主日学校后，我从未听到过一如那些孤寂的创造，包括半赞美诗那样压倒性的批评。

威廉斯说小儿子的即兴创作超过了自己容或是自谦之词，但他无疑孜孜致力于以一种毫无束缚的、天马行空的想象力，重新组合和蜕变日常生活中的元素，让它们得以重生。然而，这本威廉斯自诩得意之作，甫一出版即惨遭批评：庞德说它“支离破碎”（incoherent），并认为“费解”并非美国特质；杜利特尔非议它“轻浮”（flippant）；史蒂文斯则诟病诗人在“耍脾气”（tantrums）。及至后来，美国评论界普遍对这本难以归类的结集毁誉参半，如自称倾向史蒂文斯多于威廉斯派的著名批评家布鲁姆（Harold Bloom），就指出它所展露的激情和活力，如与乔伊斯《尤利西斯》的巨大力量相比，只能居于其阴影下。不过，亦有论者为威廉斯辩护，认为读者在欣赏之前，必须懂得如何破译这种高度实验性的创新语言。

威廉斯前期的创作实验，到了 1923 年出版《春天及一切》（*Spring and All*）时可说是达到顶峰。《红色手推车》、《致艾尔西》（“To Elsie”）等经典名诗，便是收在这本诗文结集内。威廉斯在语言上的实验性，在《地狱里的科拉：即兴创作》时仍倾向使用完整句子，但到了《春天及一切》，却往往打破修辞、文法、句法的规律，除了散文外，诗作亦然，如第二十七首《野花》（“The Wildflower”）：

黑心金光菊
鲜橙色
环绕着紫色的核心

白雏菊
并不
足够

群众白色
像活得糟糕的
农民

但你
富于
野蛮——

阿拉伯
印度
深色皮肤的女人

这诗句法破裂，句构上不起作用的部分全给精简掉，留下大量想象空间。威廉斯显然对理性论述没兴趣，也怀疑秩序和逻辑的作用。他不想被历史牵着鼻子走，认为要毁灭才能重生。因此他最反对的，便是“抄袭的传统主义者”；他所追求的，是个别事件的突现而非事件的连续性，是新异的创造而非稳定的秩序。威廉斯把这种想法身体力行，所以我们便见书中的诗跟穿插其间的散文并无连贯性，也少见呼应或作出解说；而在形式上，它更打破了书册惯见的秩序，如杂用阿拉伯数字和罗马数字编章，次序也颠三倒四，如甫一开始便是第 19 章（Chapter 19），之后跳回第十三章（Chapter XIII）（更把这章目颠倒展示），然后是第六章……

可惜，艾略特在 1922 年出版的《荒原》，像原子弹一样震撼整个诗坛，威廉斯的《春天及一切》，走的是现代主义的另一条道路，所以只能一直活在《荒原》的庞大阴影下。威廉斯曾在《自传》里说：

"我立即感觉到《荒原》让我倒退了二十年，并相信确实如此。而至关重要的是，艾略特让我们回到教室里去，而这一刻，我觉得我们已开始找到一条出路，让我们更为接近一种全新艺术形式的本质——植根于本土，并必会有所成就。"

从此，威廉斯就一直跟艾略特进行诗歌路线上的对抗。一方是声誉日隆，影响世界诗坛日深，一方是备受冷眼，默默"植根于本土"，难怪威廉斯数十年来，一直对艾略特有颇深的情意结。威廉斯不满艾略特的地方，是他过于学究的诗歌风格，经常使用外语及欧洲古典文学典故，让诗歌变得僵化死板，倒退到教室英语的传统老路上。威廉斯极其抗拒这种欧洲传统和世界性，他追求诗歌语言的鲜活和更新，强调使用时刻随社会环境和多元文化的变化而变得更生动丰富的美国习用语和平易口语，并时刻省察周遭的生活以及诗人在本土社会上所担当的角色。简言之，威廉斯认为艾略特、庞德等人的语言是属于高级文化和旧世界的产物，而他希望追求自己的说话方式，这说话方式不是高高在上，而是与读者平起平坐的。

而威廉斯和艾略特不同的地方还在于对前景的看法：《春天及一切》和《荒原》同样写破碎、幻灭的美国工业化社会，但艾略特对残酷的现实充满悲观情绪，而威廉斯则谋求突破种种限制以迎来新的发展。这种相对乐观的精神，亦贯彻在威廉斯历时十数载方始完成的五卷本长诗《帕特森》(*Paterson*)中。正如美国学者詹姆斯·布莱斯林(James Breslin)指出,《荒原》是"反史诗"(anti-epic)的,追求意义最终是徒劳的,人类最后剩下的只是等待西方文明的彻底崩溃,而《帕特森》却是前史诗的(pre-epic),揭示这场崩溃将会释放出重建新世界的力量。因此布莱斯林总结说:"艾略特的终结,就是威廉斯的开始。"

而在实验性方面,《帕特森》比《春天及一切》更进一步:除了诗与散文相混外,威廉斯还掺进大量信函、报刊杂志文章、历史资料等,把各种文体形式兼容并包,随性并置,交声互响,既打破传统对文学呈示方式的想象,也打开更多诠释的可能空间。然而,《帕特森》的出版,尤其是较前的卷本,尽管仍获得好些赞扬的声音,如罗伯特·洛威尔(Robert Lowell)便称许"《帕特森》是我们的《草叶集》",但它没有如威廉斯预期般得到高度认可,一如《地狱里的科拉:即兴创作》和《春天及一切》的命运,《帕特森》的晦涩和松散的结构,仍为不少读者带来阅读上的困难。威廉斯一心想与艾略特《荒原》较劲的长诗,还是需要比他预想中更长的时间才能争取到它应得的地位。

4

在观察事物、美感呈现和诗艺技法上，威廉斯也与艾略特有明显的区别。艾略特在揭示现代工业社会和西方文明之丑恶和崩坏时，角度恢宏，并常以隐喻、象征手法出之；威廉斯则倾向微观细察，往往聚焦于城市的大街小巷以至不为人注意的角落，即使表面上丑俗平凡，寒碜破落，但也不加任何价值判断、诠释甚或丝毫暗示，只是直接呈现。试看《墙垣之间》（"Between Walls"）这首：

在医院
后翼

不会长出
什么的

地方躺着
煤渣

其中闪着
一绿瓶

的碎
片

精简的文字，白描的手法，诗人只是把事物并置：在医院后翼，不毛的地方，绿瓶相对于（黑色的）煤渣，在色彩上似有所暗示，但这或许只是读者的一厢情愿，诗人并没有说明什么；而“碎片”，相对于瓶之原本，也似是有所暗示……但无论是乐观还是悲观，也只是读者的感觉而已，诗人由始至终都没有说出什么……

威廉斯诗学中最著名的一句：“没有想法，唯在事物中”（No ideas but in things），便是这种写法的最佳注脚。

这句出自《算是一首歌》（“A Sort of a Song”）一诗；长诗《帕特森》第一卷也重复提及，可见威廉斯相当重视这个说法。

物之本然，自然而然地直接呈现，不加任何观念在其中。这不啻直探诗的本质，因为一有预设观念，就会对事物有所干扰，或对事物有了先入为主的看法，无端为事物平添本不属于它的理智或感情色彩，这无疑对呈现世间事物的本来面目有所妨碍；而把观念附于文字的表述中，越明显则诗质越薄弱，原因很简单，诗贵含蓄，诗意在于意会，在于不言而喻，在于不能用文字言明处。由此可见，威廉斯这句说法明显切中诗法之肯綮。

威廉斯对物象的观察和描述角度，也显然跟当时的立体主义（Cubism）和精确主义（Precisionism）有关。

威廉斯对艺术的兴趣，来自其曾经在巴黎受过绘画训练的母亲。他幼年时曾经习画，长大后结识了不少纽约的艺术家，并经常为友人的画展写推介和赏析文章。1920 年，他与画家马斯登·哈特利创办了艺术刊物《接触》(*Contact*)，提倡艺术创作必须来自艺术家的直接经验和在场感，拒绝传统的惯性做法和概念，精确主义便在这种情况下诞生。

精确主义也可说是后立体主义，它关注物件形态，重视视觉画面，主张把事物化约成基本的几何形状，尽去细节，并利用平面、线条来呈现清晰分明的焦点和机械形态，主题多为美国的摩天大楼、桥梁、工厂等。威廉斯的诗作，便经常有精确主义画作的影子，例如《经典风景》("Classic Scene")：

形状如一把
红砖椅的
发电站
90 英尺高

在它的座部
坐着两枝金属
烟囱——铝——
的轮廓

俯瞰着一片

并排着的
肮脏的棚屋——
其中一枝

涌出
黄褐色的烟
在灰色的天空下
另一枝今天

保持被动——

这首诗便是以精确主义画家查尔斯·希勒的一幅画作为素材，其中可见两枝直的烟囱跟横的棚屋形成交错的线条，加上发电厂平面的静态座部和其中一枝烟囱涌出的烟，就形成了一股明显的张力。诗行也如画一样简约，呈示的物象没有任何要明确传达的观念，一切都在以线条和平面组成的物象中。

另外，威廉斯跟德穆斯的互相影响更为突出，如《春天及一切》里的《花盆》（"The Pot of Flowers"）一诗，便是以德穆斯的画作《晚香玉》（*Tuberoses*）为描述对象；而德穆斯读了威廉斯的《巨大的数字》（"The Great Figure"）一诗，更启发了他画出《我看到金色数字5》（*I saw the figure 5 in gold*）来与之对话。

而威廉斯与立体主义对话的诗也不少，如《春天的旋律》（“Spring Strains”）便是以文字进行立体主义绘画的一次尝试。而《春天及一切》可说是威廉斯受到立体主义影响最显著的作品，尤其是以文字呈现图像性，并着重表现相交的平面及突出的线条等方面。威廉斯深受立体派画家胡安·格里斯技巧的影响，避免对物象注入明确的观念或判断，而着重建立一种张力的结构，让诗自身发展出一种自然而然，但可以拓展无限可能的空间；这跟意象主义比较稳定的性质完全不同。《春天及一切》里面的第一首诗《春天及一切》（“在通往传染病医院的路上”），可说是取法立体主义并置、对比、平面相交等呈现方式的最佳示范。

5

威廉斯除了善于观察物象外，他的诗的其中一个可贵处，便是对人的关注，尤其是生活周遭所见的普通人。

威廉斯是儿科和全科医生，行医四十余年，几乎一生都待在距离纽约二十里外的卢瑟福镇，过着平静简朴的生活。他的妻子曾经说过，“他喜欢当医生，上门应诊，也喜欢跟人说话”。他工作忙碌，很多时只能在晚间或应诊的空隙中写诗。他的诗有时会写在随手捡起的纸张，比如药单上，以捕捉当下的观察和感受。因此，很多时他行医所遇所见的芸芸众生，包括病人、护士、产妇、犯人、受害者、拾荒者、小偷、智障人士、孤苦无依的老人等，便成为他笔下常见的题材：例如《早期的殉道者》（“An Early Martyr”），便是借一个年轻反叛的专卖店偷窃者被送进精神病院的遭遇，来呈现美国惩治体制的死板和腐败；《来自柏辛纳克的强奸犯》（“The Raper from Passenack”）则通过一宗强奸案，写出疑犯和受害人双方的不同态度和感受，以揭示事件的荒谬和恶心；《春天及一切》中的《致艾尔西》一诗，则借一个智障孤儿艾尔西（其后在威廉斯家中当家务助理）的经历，以小见大，侧写出千千万万个受困于低下阶层的艾尔西们——也就是所谓“美国的纯产品”的境况；又例如《控诉》（“Compliant”），写诗人雪夜应诊时所见的一个多产的临盆妇人，在喜悦中饱渗痛苦：“阳光穿过百叶窗 / 送来一根金针！/ 我从她的眼睛里剔走发梢 / 带着同情心 / 看着她的痛苦”；而《死亡》（“Death”）一诗写一个在家中暴毙的贫病交迫的孤独老人，更有以下一针见血的形容：

他是
被遗弃的古玩
里面
没有一丝气息

这一段仿佛把死亡作喜剧化处理，更深刻地反衬了个中的悲凉：

把他的头放在
一张椅子上他的
脚在另一张而
他会躺在那里
像杂技演员——

而最能以“死亡”对照悲痛者与城市的漠不关心者，用冷峭的讽刺笔墨而写得极为深刻的诗，莫如《死婴》（“The Dead Baby”）了：

打扫房子
　　在寻求放假者
　　好奇的脚下——
打扫桌子和床下
　　那婴孩死了——

靠窗而坐的母亲
　　无人安慰——
眼下有紫色的眼袋
　　父亲——
高大，口齿伶俐，惹人同情
　　是两人中比较能干的——

把房子打扫干净

　　这里有一个已经上了

　　天堂（虽然事有蹊跷）

没头没脑地

　　由于事实的力量——

大扫除

　　是其中一种表达方式——

赶快！他们随时

　　都会从医院

　　把他带回来——

一种我们生活中的白色典型

　　一种稀罕事物——

被鲜花包围

又例如《给一个贫穷的老妇》（“To a Poor Old Woman”），不啻在城市平凡一角捕猎的敏锐镜头。这首诗很简单，只是描写街头一个老妇如何享受手上李子的过程，但不同于《便条》最后三句展示不同性质的感受（可口、甜、冰凉），这里只有一句“它们对她来说很好吃”以及断句略有差异的重复。这种吝于细致和具体描述的做法，显然跟所写的人物不无关系：低下阶层的老妇只有这种简单的词汇；但通过这一句的不同断行位置的重复，又可见老妇是如何沉浸在享受李子的过程，以及在过程中缓缓变化以延展这种享受的语气。简单，是读通这首诗的一个关键词：一个贫穷老妇的慰藉，只是通过一个简单的李子；简单而重复，就如诗的表达一样，背后是慰藉还是隐现的悲凉，就是诗留给读者的想象空间。

像这种有人在焉的城市风景的速写，亦见诸《穷人》（“The Poor”）、《选举日》（“Election Day”）等诗。威廉斯取材不分妍丑，没有避讳，如实呈现当下多元混杂的民俗风景，因而成就一种独特而真实的现代美国生活图像，例如在《寒冬降临》（*The Descent Of Winter*）中的《11/1》一诗的末尾，就以窗外发光的巨大广告牌以至其广告口号入诗，让广告上拥有“狂喜而具美感的面孔”的年轻巨人，跟“靠着一盏小灯”写作的诗人形成强烈对照，这种物象的并置，不加任何诠释的写法，也仍然是威廉斯优而为之的风格。

6

威廉斯在二十世纪五十年代，也开始了一种名为“多变的音步”（Variable Meter）的尝试。1954 年出版的《沙漠音乐》（*The Desert Music*）和翌年出版的《爱的旅程》（*Journey to Love*）两本诗集，就属这种写法的最高峰。

威廉斯从来没有清楚地解说何谓“多变的音步”，或许这旨在提供一种如何决定断行的方法，在诗的自由与形式的限制上取得一个平衡而已。威廉斯根据这种方法，发展了一套“三行诗体”（Triadic-line poetry）：把一句断为三行，然后呈楼梯式下降排列。

不过，不少评论家对这种写法大泼冷水，如里德·惠特莫尔（Reed Whittemore）就说“多变的音步代表情绪的转变，大于韵律上的转变”。罗伯特·克里利（Robert Creeley）指出它的分行断句只是“内容上的强调”（contentual emphases），而非韵律学上的所谓音步概念。

综观威廉斯运用此法写成的诗，容或篇幅太长，控制有时欠佳，但仍能做出一定的效果，比如他自许写得最成功的《下降》（“The Descent”），以及仿如爱情挽歌的《水仙，那绿色的花》（“Asphodel, That Greeny Flower”），都写得出色。诗行断句寓变化于规律，确然帮助了威廉斯的表达；虽然这方法很多时会流于死板和松散，但威廉斯仍能从中游刃变化，难怪《水仙，那绿色的花》一诗被奥登誉为“在语言上最为美丽的诗歌之一”。

7

威廉斯是美国现代诗歌史上迟迟未获得应有认

可的诗人。他大部分的写作生涯，都处于艾略特与新批评的阴影下，他对此一直耿耿于怀。布鲁姆对他的评价可谓其中代表：他承认威廉斯在最好的时候，是一位实力强大的美国诗人，但他的成就在美国诗歌传统上，却跟庞德一样，“仍然相当存疑”。或许威廉斯的诗，在规模上、深度上、技巧上、影响上不如艾略特，但正如奥克塔维奥·帕斯（Octavio Paz）在翻译威廉斯的诗时所说，“一个诗人的伟大，不是由其作品的规模来衡量，而是由思想感情的强度和完美度来衡量。还有他的活力。威廉斯是现代美国最生动耀眼的诗歌的作者”。

威廉斯对形式和语言的实验和开放度，对美国习用语与口语的采用，对美国本土题材的开拓和关注，终于在二十世纪下半叶开始发挥巨大影响：二十世纪五十年代的垮掉派运动、旧金山文艺复兴、黑山学派、自白派、纽约学派等，或多或少都受过威廉斯的启迪。二十世纪五十年代是一个“文字革命”的年代，年轻诗人如洛威尔、金斯堡、克里利、查尔斯·奥尔森（Charles Olson）、丹妮斯·莱维托芙（Denise Levertov）、熙德·柯尔曼（Cid Corman）等，也开始厌弃艾略特的学院派诗风和新批评，并从威廉斯那里看到另一条坚实可行的道路。1956 年金斯堡出版划时代的《嚎叫及其他诗作》（*Howl and Other Poems*），就请威廉斯写序；事实上，金斯堡的长诗

《嚎叫》，在形式上明显受到威廉斯的三行诗体启发，虽然金斯堡写得更加不受限制，更加自由奔放。而初时还对威廉斯的语言有所保留的洛威尔，到后来却全面拥抱威廉斯，都说明了威廉斯的地位及重要性，确然要经过时日洗礼才见真章。

威廉斯在 1963 年凭《勃鲁盖尔的画作》（*Pictures from Brueghel*）赢得普利策诗奖，无疑是一个迟来的肯定。

8

这本选译本一如很多选译本一样，不能做到面面俱圆，但仍希望能让读者从所选篇章中，一窥威廉斯诗歌比较全面的风貌和主要特色。

威廉斯前期诗歌中最重要的一本：《春天及一切》，由于诗与散文混合穿插，内容与形式的实验性安排，须得一睹全貌才能充分掌握，因此决定译出全书。

现有译本大多没有选入威廉斯前期的重要散文诗集《地狱里的科拉：即兴创作》，这里译出其中五章，以见其大体风格。

《帕特森》因雅众文化已译有全书，这里就不再重复。

感谢在翻译与检校过程中帮忙的朋友，尤其是黄鸿霙（May Huang）和钟靖和（Cindy Chung）两位，也感谢凌越在选诗上提供的宝贵意见。

因限于学力，翻译过程中舛错难免，期望方家指正。

2022 年 10 月 25 日完稿

图书在版编目（CIP）数据

春天及一切：威廉斯诗选：全2册 /（美）威廉·卡洛斯·威廉斯著；钟国强译 . -- 北京：中信出版社，2023.6

书名原文：Selected Poems of William Carlos Williams

ISBN 978-7-5217-5458-2

I. ①春… II. ①威… ②钟… III. ①诗集－美国－现代 IV. ① I712.25

中国国家版本馆 CIP 数据核字（2023）第 069216 号

春天及一切：威廉斯诗选（全2册）

著者：[美] 威廉·卡洛斯·威廉斯

译者：钟国强

出版发行：中信出版集团股份有限公司

（北京市朝阳区东三环北路 27 号嘉铭中心 邮编 100020）

承印者：山东临沂新华印刷物流集团有限责任公司

开本：1092mm×787mm 1/32 印张：14.5 字数：61 千字

版次：2023 年 6 月第 1 版 印次：2023 年 6 月第 1 次印刷

书号：ISBN 978-7-5217-5458-2

定价：88.00 元（全 2 册）